D1670636

HENRY BAUCHAU

DIOTIMA UND DIE LÖWEN

ERZÄHLUNG

FRANKOPHONE AUTOREN DER GEGENWART

BAND 3

ANNE BEGENAT-NEUSCHÄFER (HG.)

HENRY BAUCHAU:

DIOTIMA UND DIE LÖWEN
ERZÄHLUNG

übersetzt und eingeleitet
von Anne Begenat-Neuschäfer
unter Mitwirkung von
Maria Bartz
Marie-Jacques Lueken
Anne-Catherine Luther
Aurélie Matzutt
Angelika Schirmer

mit einem Nachwort von Okou Dagou

SHAKER VERLAG
AACHEN 2006

Bibliografische Information der Deutschen Bibliothek
Die Deutsche Bibliothek verzeichnet diese Publikation in der Deutschen
Nationalbibliografie; detaillierte bibliografische Daten sind im Internet über
http://dnb.ddb.de abrufbar.

Titel der französischen Originalausgabe: *Diotime et les lions*
© Actes Sud, 1991

Die Skulptur auf der Titelseite stammt von Henry Bauchau
und wurde von Katja Gelbke fotografiert.
Mit freundlicher Genehmigung des Autors.

Wir danken der Französischen Gemeinschaft Belgiens und dem
Kultursekretariat Wuppertal des Landes NRW für die freundliche
Unterstützung zur Drucklegung.

ISBN-10: 3-8322-4518-9
ISBN-13: 978-8322-4518-4
ISSN 1861-1621

Shaker Verlag GmbH • Postfach 101818 • 52018 Aachen
Telefon: 02407 / 95 96 - 0 • Telefax: 02407 / 95 96 - 9
Internet: www.shaker.de • eMail: info@shaker.de

INHALT

Vorbemerkung

Als ein weiterer Band in der Reihe *Frankophone Erzähler der Gegenwart* liegt nun Henry Bauchaus *Diotima und die Löwen* vor. In einzigartiger Weise bietet dieser knappe Text Einsicht in das Gesamtwerk des Schriftstellers.

Wenn ein Manuskript zum Abschluss gebracht und schließlich in den Druck gegeben wird, so ist dies niemals das Werk Einzelner, und träten sie auch als das Kollektiv einer Übersetzerwerkstatt auf. So haben auch wir mannigfach zu danken: Dem Autor für das Vertrauen, seine Sprache in der unsrigen aufzufinden, dem Verlagshaus Actes Sud für die freundliche Gewährung der Lizenz, der *Communauté Française de Belgique* für die großzügige Unterstützung der Drucklegung, Herrn Joseph Lammertz vom Shaker-Verlag für die vertrauensvolle Zusammenarbeit und Frau Eva-Maria Kunert für die geduldige und sorgsame Erstellung des Typokripts.

Aachen, im Juni 2006   Anne Begenat-Neuschäfer

EINLEITUNG

Die Erzählung *Diotima und die Löwen* (*Diotime et les lions*) hat uns lange begleitet. Ursprünglich bildete sie ein eigenes Kapitel in den beiden zugehörigen Romanen *Ödipus unterwegs* (*Œdipe sur la route*) und *Antigone* (*Antigone*), welche Henry Bauchau 1990 und 1997 im Verlagshaus Actes Sud in Arles veröffentlichte. *Œdipe sur la route* und mehr noch *Antigone* begründeten seinen Durchbruch als Romancier beim französischen Publikum und führten auch zu einer breiten internationalen Rezeption seines gesamten erzählerischen Werkes. Als eigenständige Novelle wurde *Diotime et les lions* erstmals 1991 veröffentlicht und verzeichnet gerade bei jugendlichen Lesern einen kontinuierlichen Erfolg, der sich auch in der Verwendung als Schullektüre niederschlägt. Zahlreiche Bearbeitungen für die Bühne haben den Autor Henry Bauchau weit über seine ursprüngliche Leserschaft hinaus bekannt gemacht.

Die Gestalt der geläuterten Diotima, die auch im Alter noch immer dem *Clan der Hellsingenden* vorsteht, bedeutet im Erzählkontext des *Ödipus unterwegs* für die irrenden Wanderer Ödipus und Antigone, die sich selbst aus Theben vertrieben haben, gastliche Aufnahme, Heilung von ihren körperlichen und seelischen Gebrechen, Ruhepause während der Winterzeit und einen sicheren Zufluchtsort auf dem beschwerlichen Weg der Selbstfindung. Nicht zuletzt Diotimas Beistand ist es zu verdanken, dass die Selbstfindung schließlich zu einer Selbstannahme des als Vater und Tochter aber auch als Geschwister verbundenen Paares führt. Diotima erreicht, dass Ödipus als früherer Herrscher Thebens schließlich seinen eigenen Urteilsspruch aufhebt und sich wieder in die menschliche Gemeinschaft eingliedert. Damit bildet diese Figur in der Gesamtökonomie der mythischen Darstellung, wie Bauchau sie in seinen beiden Romanen zwischen Sophokles und Freud konzipiert und aktualisiert hat, ein Gegengewicht zu Jokaste, dem Inbegriff unerfüllbarer Sehnsucht und unwiderstehlich enigmatischer Anziehung. Die eigene Mutter und Gattin des Laios, den Ödipus auf dem Weg von Delphi nach Theben erschlagen hatte, bevor er Theben von der Pest befreite, indem er das Rätsel der Sphinx löste, hatte Ödipus geehelicht und mit ihr vier Kinder gezeugt: Eteokles, Polyneikes, Antigone und Ismene, von denen ihn nur Antigone ins selbstverhängte Exil begleitet. Die Anziehung, die von Jokaste ausging, ist in Bauchaus eigener Terminologie (die sich wiederum an Friedrich Nietzsche anlehnt) dem Dionysischen zuzuordnen; sie entspringt blindem Triebverlangen, verheißt orgiastische Erfüllung und bedeutet darum unbedingte Freisetzung der künstlerischen Kreativität.

Diotimas Name steht hingegen als Synonym für Gastlichkeit, Heilung, gemeinschaftliche Ordnung und selbstversöhnende Harmonie, so wie ein irrender, vereinzelter europäischer Geist im Kontakt mit der griechischen Kultur zur Ruhe finden mag, weil er auf seinen Ursprung gestoßen ist, der in ihm Selbstheilungskräfte der individuellen und kollektiven Identität freisetzt, aber auch Sublimation des Triebverhaltens verlangt. Diotima gehört demnach in den apollinischen Bereich, dem die ordnende Schöpfung oder auch die Kreativität nach dem Sturm vorbehalten ist. Dies war unsere erste Lektüre, und in ihrem Zusammenhang deuteten wir auch den Rückverweis Bauchaus auf Friedrich Hölderlin.

Bauchaus Romane allerdings sind Romane der Begegnung, in denen Charakterentwicklungen gezeigt und darum Schicksale in Rückblenden berichtet, die mit dem Kreis der Zuhörer geteilt und aufgearbeitet werden. So war es nur natürlich, dass auch Diotima aus ihrer Jugend erzählte und in dieser Rückblende eine gänzlich andere Figur enthüllte. Sie brach als junges Mädchen und junge Frau aus dem gewohnten Rollenverhalten der griechischen Frau aus, verließ die innere harmonische und geschützte Ordnung von Haus und Garten, erlernte von ihrem Großvater das Reiten und die Falkenjagd, erzwang schließlich ihre Teilnahme an der jährlichen rituellen Jagd des Totemtieres als erste Jungfrau und schien zur Clanführerin bestimmt, wenn ihre Liebe zu Arses, dem die Zusammenführung seines und Diotimas Clans vorbehalten war, nicht ihren männlich anmutenden Ehrgeiz, ihre „Wildheit" gezügelt und ihre Weiblichkeit entfaltet hätte. Auf der zweiten Ebene der Lektüre stellte sich also diese Erzählung als der Bericht einer glücklich verlaufenen Pubertät dar, in dem Krisen der Identität, die aus der Ambiguität der Geschlechterrollen (und dem daraus als Ideal abgeleiteten Bild der Androgynie) entstehen, bewältigt und überwunden wurden. Dieser Reifungsprozess einer Heranwachsenden, gerne auch als Initiationsbericht in die Welt erwachsener Verantwortlichkeit hinein gelesen, mag begründen, warum *Diotima und die Löwen* gerade jugendliche Leser anspricht. Bauchaus eigenständige Schöpfung der Figur Diotimas, die ja keine Figur des griechischen Ödipus-Mythos ist, enthält zugleich einen modernen Kommentar der ursprünglichen mythischen Konstellation. Ihm zufolge ist das Dionysische nicht zu verwerfen, sondern findet sich geläutert im Apollinischen wieder. Damit werden in einer psychoanalytischen Deutung nach Freud die statische mythische Situation des Ödipus in Inzest und Vatermord überwunden, denn das Dionysische ist als Teil der kosmischen Gesamtordnung weder zu verdrängen noch zu verwerfen, sondern in seiner Unberechenbarkeit und Heftigkeit, in seinem zerstörerischen Chaos, Bestandteil der Welterfahrung.

Allerdings erschien uns auch diese zweite Lektüre den Text nicht gänzlich zu entschlüsseln, zu viele Verweise auf nichtgriechische, „barbarische" Elemente anderer Hochkulturen waren in die Erzählung verwoben, die keine einfache binäre Zuordnung zum Dionysischen und Apollinischen gestatteten. Bauchaus eigener Zivilisationsbegriff, seine Überlegungen zum mythischen Ursprung der menschlichen Gemeinschaft entzogen sich diesem von uns in Übereinstimmung mit den Ergebnissen der Bauchau-Forschung vorgeschlagenen analytischen Zugriff, und darum blieb auch unsere Übersetzung unvollendet, solange ohne „Sitz im Leben", bis sich in Lektüren afrikanischer französischsprachiger Texte und in Gesprächen mit Okou Dagou zunächst und dann auch mit Henry Bauchau selbst das Dunkel lichtete und das Evidente evident wurde: Bauchau erzählte Diotimas „Selbstzügelung" und ihren „Zivilisationsprozess" in einem universaleren allegorischen Schlüssel, der sich auf das Verhältnis der sogenannten primitiven Clanbildungen und ihre Hellenisierung oder Europäisierung bezog.

Nicht weniger und nicht mehr als einen mythischen Anfang der menschlichen Gemeinschaftsbildung sucht Bauchau mit *Diotima und die Löwen* zu berichten, gleichsam als Rhapsode, dessen Schicksal sich in Ödipus späterer, apollinischer Entwicklung zu spiegeln scheint, eine durchaus metapoetische Ebene, die vielleicht als vierte Sinnstufe zu deuten wäre, ist hier angelegt. Mit diesen Mythemen zur Bildung menschlicher Gesellschaften und zur Entwicklung der Zivilisation formuliert der Autor zugleich wegweisende und anregend aktuelle Überlegungen zum Verhältnis Europa – Afrika und stellt sich im Gewand des Erzählers ins Zentrum der anthropologischen Überlegungen seiner Zeit, wie sie beispielsweise sein Zeitgenosse Claude Lévi-Strauss vorgetragen hat, wie sie letztlich aber auf das bahnbrechende Werk Leo Frobenius' zu Beginn des 20. Jahrhunderts zurückgehen. So stellen wir in unserer dritten Lektüre Bauchaus Erzählung in einen übergeordneten Zusammenhang, aus dem sich für uns eine Brücke hin zu den bisweilen dunklen oder unverständlichen Anspielungen in seinem lyrischen Werk öffnet.

Im Nachhinein erschien uns nun die vom Verlagshaus Actes Sud vorgegebene Herauslösung des Berichtes der Rückblende auf Diotimas Jugend nicht mehr als eine „Amputation", sondern als eine sinnstiftende eigenständige Veröffentlichung. Unsere eigene Annäherung an diesen Text erklärt, warum wir Okou Dagou um ein ausführliches Nachwort gebeten haben, das die schrittweise Entdeckung der Sinnstufen in Bauchaus narrativer Prosa nachvollzieht.

Ist Henry Bauchau darum ein schwieriger Autor? Wir meinen, nein. Keiner muss *Diotima und die Löwen* mit unseren Augen lesen. Es ist das Schöne an der Literatur, dass ihre Deutungen frei, wenngleich niemals beliebig sind. Der Autor lässt seine Figuren in einem der gehobenen Alltagssprache abgelauschten Stil erzählen, in dem das *Passé composé* oder das Präsens an die Stelle von *Passé simple* und *Imparfait* getreten sind. Damit illustriert er sinnfällig, dass auch komplexe Gedankengänge in einer leicht fasslichen Sprache vorgebracht werden können, die eine sukzessive Annäherung tieferer Verständnisebenen ermöglicht.

Anne Begenat-Neuschäfer

HENRY BAUCHAU

DIOTIMA UND DIE LÖWEN

Hätte es niemand Liebe genannt, hätte ich es für eine blanke Klinge gehalten.
(Rudyard Kipling nach einem alten indischen Dichter und von Jorge Luis Borges zitiert.)

In meiner frühesten Erinnerung habe ich stets meinen Großvater Kambyses vor Augen. Im Galopp nähert er sich uns, seinen Falken auf dem Arm, von bewaffneten Dienern begleitet. Ehrfürchtig grüßt er meine Mutter, erfasst die Lage mit dem raschen Blick des Hausherrn und reitet wieder davon, eine Staubwolke im lauten Getrappel der Pferde. Mein Vater Kyros, den ich so sehr bewunderte, hatte eine Flotte befehligt und manche Schlacht im Indischen Ozean gewonnen. Er schien zuweilen betreten, geradezu eingeschüchtert in Kambyses' Gegenwart. Alle fürchteten Kambyses, allein ich, wohl aufgrund der Ähnlichkeit mit seiner Mutter, empfand nie Furcht.

Eines Morgens war ich allein mit einer jungen Dienerin. Plötzlich erschien Kambyses. Schimmernd auf seinem schaumbedeckten Pferd, hoch im Sattel musterte er uns mit strengem Blick. Wie geblendet lief ich kleines Mädchen zu ihm hin und rief: „Zu Pferde, zu Pferde mit Dir!" Meine Zutraulichkeit entlockte diesem harten Mann ein Lächeln, vielleicht rührte sie ihn sogar. Er packte mich im Nacken und hob mich rittlings vor sich in den Sattel. Wir galoppierten davon, in Begleitung seiner Leibgarde. Was für ihn eine Jagd wie viele andere war, empfand ich als Taumel, schieres Sein. So entdeckte ich die Freude an schneller Bewegung in sengender Hitze inmitten dampfender Pferde. Nur auf hoher See empfand ich solche Lust, bei starkem Seegang, wenn Arses das Steuer führte.

Den ganzen Tag behielt mich Kambyses in seiner Obhut, schlafend trug er mich zu meinen Eltern und sagte dabei zu Kyros: „Aus deiner Tochter wird eine gute Reiterin. Reiten und Jagen will ich selbst sie lehren." Sein Wort hat er gehalten, er ist oft gekommen, später fast täglich und entführte mich. Sehr bald hat er mir ein hübsches Füllen geschenkt und begann, mich in die Kunst der Falkenjagd einzuweisen, die heftigste seiner zahlreichen Leidenschaften.

Meine Eltern waren verwundert und beglückt über die Zuneigung, die er mir entgegenbrachte, auch über mein unbekümmertes Vertrauen zu dem Mann, der seiner Umgebung Beflissenheit und häufig Furcht einflößte.

Kambyses war wortkarg, doch bei Hindernissen auf der Jagd und im Galopp befand er sich stets an meiner Seite. Wenn ich allein zurechtkam, blickte er mich mit einem stolzen Lächeln an. Für dieses Lächeln überwand ich alle meine Ängste und stellte mich jeder Gefahr.

So verbrachte ich meine Kindheit und frühe Jugend zwischen zwei Leben. Es war einerseits eine wohl behütete und friedvolle Existenz, in der ich, wie meine Schwester, Tanz, Musik und Dichtung entdeckte, während unsere Mutter uns in die häuslichen Tätigkeiten einwies.

Daneben führte ich, fast unbemerkt von meinen Eltern, ein Doppelleben voller körperlicher Anstrengungen, langer Ritte in Busch, Wald und Steppe, häufiger Besuche bei den Bergvölkern. Zu ihnen gelangte ich aufgrund der

Zuneigung meines Großvaters und seines unstillbaren Dranges nach Jagd und Macht.

Als ich älter wurde, nahm mich Kambyses gegen den Willen meiner Mutter in die entlegenen Jagdgebiete mit, die an die Wüsten grenzen, mit, wo er sich im Kampf den Raubkatzen stellte. Zu meiner großen Überraschung begleitete uns Kyros häufig. Die beiden Männer hielten mich fernab von sich, aber manchmal, im Feuer ihrer gemeinsamen Leidenschaft, vergaßen sie mich und ich konnte mich heimlich an die Löwen heranmachen, die sie gerade bekämpften und die mich gleichermaßen in ihren Bann zogen.

Mütterlicherseits gehörte Kambyses einem persischen Geschlecht an, dessen Vorfahren von Löwen abstammten. Möglicherweise von Löwengöttern, denn in ihnen erkannte er sich. Diese Blutsverwandtschaft hatte er auf unseren ganzen Clan übertragen.

Seltsamerweise hatte er meinem Vater und mir diese Treue vererbt, die meiner Mutter und meiner älteren Schwester Abscheu einflößte. Der Kampf gegen die Löwen nahm nur einen Teil des Jahres in Anspruch und man durfte sich jeweils nur mit einem einzigen Raubtier messen. Einmal im Jahr fand während zweier Tage und Nächte zwischen ihnen und uns ein ritueller Kampf statt. Es war das höchste Fest des Jahres, an dem es etliche Tote und zahlreiche Verletzte gab, und dennoch galt es als höchste Ehre für die Jäger unseres Clans und die benachbarten Stämme und Völker, von Kambyses zugelassen zu werden. Im Laufe der Jahre verspürte ich ein wachsendes Verlangen, an diesem Fest teilzunehmen. Ich sprach darüber mit meiner Mutter. Sie flehte mich an, davon abzusehen, denn dort sei nicht der richtige Platz für ein junges Mädchen, das verstoße gegen die Tradition. Ich dagegen glaubte fest, daß unser Clan auch auf furchterregende Löwengöttinnen zurückgehe, den Löwen gleichgestellt. Sicherlich stammte ich von einer unter ihnen ab, und wenn es auch selbstverständlich in unserem Kampf untersagt war, die Löwinnen und ihre Jungen zu töten, so hatten sie auf ihre grausame Weise teil an diesem Kampf, da ebenso viele Tote und Verletzte unter uns auf sie zurückgingen wie auf die männlichen Löwen.

Dennoch war die Sehnsucht in mir übermächtig. Als ich mit meinem Vater darüber sprach, verstand er mich sofort. Weder Verstand noch Herz sprächen aus diesem Verlangen, sondern die Blutsverwandtschaft. Denn das Blut bedeutet Strömen, den Strom des Lebens selbst, der nur im Tod versiegt.

Damals war ich zu jung, um ihn zu verstehen, doch als er mir gestattete, bei Kambyses um die Teilnahme am Kampf gegen die Löwen nachzusuchen, stürmte ich zu meinem Großvater. Als bereits beste Falknerin des Clans, so bedeutete ich ihm, sei ich wohl auch in der Lage, es mit unseren besten Jägern aufzunehmen. Zwar hatte ich noch nie einen Löwen besiegt oder gar erlegt, doch sei es an der Zeit, mich dem Kampf gegen die Blutsbrüder zu stellen, wie er und mein Vater. Solange ich vom rituellen Kampf ausgeschlossen bliebe, fände ich weder Frieden noch

Glück. Während er mir zuhörte, erhellte ein vergnügtes Lächeln sein Gesicht und ich wußte ihn auf meiner Seite. Er sagte zu mir: „Dieses Jahr begleitest du uns und ich schenke dir eine neue Stute. Sie ist sehr schön, du mußt sie zureiten".

Ich fiel ihm ins Wort: „Meine Mutter behauptet, es sei gegen die Tradition des Clans". – „Die Tradition schreiben wir neu, und du sollst sie begründen".

Strahlend stob ich davon, überzeugt, daß sich Kambyses allmächtigem Willen nichts entgegenstellen konnte. Mit dem Widerstand meiner Mutter hatte ich nicht gerechnet. Der übermächtige Drang, am Krieg gegen die Löwen teilzunehmen, verletzte in ihr die griechische Sehnsucht, die Welt nach menschlichem Maß zu ordnen. Auch bei ihrer eigenen Tochter mußte sie dieses Erbe gänzlich verwerfen, das der Gemeinschaft mit den Raubkatzen treu blieb und den in ihren Augen animalischen Blutsanteil mit der Liebe zu Göttern und Menschen gleichstellte.

Meinem Vater teilte sie mit, daß sie nicht gedachte, gegen Kambyses' Entscheidung anzugehen, diese aber nicht annehmen konnte. Sie würde uns also bis zum Ende des Löwenfestes verlassen. Kyros war bestürzt, denn ihre Ehe war immer einträchtig gewesen. Auch ich war es; so eilte ich in das Zimmer meiner Mutter und versicherte ihr, ich nähme Abstand von einem Vorhaben, das meine Eltern entzweite und unsere bis dahin so innige Gemeinschaft gefährdete. Meine Mutter nahm diesen Verzicht zur Kenntnis, doch sah ich wohl, daß sie nicht daran glaubte und mich auf so seltsame Art musterte, als sei ich eine Fremde für sie. Ich bestätigte meinem Vater, daß ich an dem rituellen Fest nicht teilnehmen würde und er dankte mir. Auch Kambyses erfuhr es von mir. Er antwortete nicht, doch merkte ich, daß er mir so wenig glaubte wie meine Mutter. An jenem und den folgenden Tagen bemühte ich mich, den Gedanken an die Löwen zu verdrängen und widmete mich wie ein junges Mädchen Tanz, Gesang und häuslicher Beschäftigung, wie meine Mutter es so sehr gewünscht hatte. Es gelang mir zwar, diese Rolle am Tag durchzuhalten, doch meine Nächte wurden unerträglich. Ich träumte ständig von Löwen oder von meiner Mutter, die mich weinend von der Türschwelle her betrachtete. Dann griff ich Kambyses tätlich an, denn er hinderte mich, so zu sein wie sie. Die Spannung wurde übermächtig, ich verfiel in eine Art von Trance. Von diesen Tagen behielt ich nur eine dumpfe Erinnerung an Augenblicke der Verzweiflung, in denen ich sterben wollte, im Wechsel mit Momenten höchster Glückseligkeit. In ihnen erschien das Leben als Hingabe, Wagnis und Freiheit. Vergeblich suchten mein Vater und meine Schwester mich zu bändigen. Kambyses ließ mich nicht aus den Augen und war überall zugleich. Zuweilen sah ich in ihm das Hindernis, stürzte mich auf ihn und schlug ihn blutig.

Das ertrug er mit Gleichmut und hinderte meinen Vater daran, mich zurückzuhalten. In den Stunden wahnhafter Freude steigerte sein Anblick meine Glückseligkeit, denn ich sah in seinem Gesicht die Züge eines mächtigen Löwen, für den allein ich lachte, tanzte und meine Waffen singend wetzte, in der Hoffnung, ihn zu besiegen oder gar zu töten.

Gelassen hatte meine Mutter diese Stunden der Verzweiflung, Niedergeschlagenheit und des völligen Inmichgekehrtseins hingenommen, denn sie war überzeugt, sie führten zu meiner Gesundung und Selbstfindung. Als sie bei mir immer häufiger diese Anfälle manischen Jubels erlebte, empfand sie tiefe Rührung, denn sie wußte, daß ich mir diese Verletzung aus Liebe zu ihr zugefügt hatte. Kyros erläuterte ihr nun, es sei besser, ich erlebte dieses in ihren Augen barbarische Glück in der Wirklichkeit als im Wahn. Sie lief auf mich zu, schloß mich in die Arme und sagte: „Wenn du schon Löwin bist, lebe es ganz und gar! Nimm teil an der Zeremonie, du darfst es, ich bitte dich sogar darum." Ich verstand nicht, was sie sagte, ich lachte und sang weiter für mich allein. Als sie zu weinen begann, stiegen auch in mir Tränen auf, wir weinten eine ganze Weile gemeinsam, bis mein Wahn sich löste.

Am Abend nahm mich meine Mutter zu sich ins Bett, ich schlief einen ganzen Tag und eine ganze Nacht, und als ich erwachte, war sie da und brachte mir zu essen. Ich war sehr hungrig, wir aßen und sie sagte zu mir: „Steh auf und geh zu Kambyses. Er hat dein neues Pferd."

Es war eine prächtige, fuchsrote Stute. Als ich sie sah, war ich hingerissen vor Stolz und Glück. Kambyses nahm meine Genesung wahr und sagte mir, wir sollten das Tier gleich für den Kampf gegen die Raubkatzen einreiten.

Ich war gerade vierzehn, als die Zeit des Kampfes gegen die Löwen begann. Ich bestieg meine rassige Stute und spürte, daß mein Vater und Kambyses stolz auf mich waren. Der rituelle Kampf war ganz anders als unsere tägliche Jagd. Bewaffnete aus den Bergen trieben die Löwen vorsichtig in die weite Ebene, wo der Kampf stattfinden sollte. Die Treiber trugen Fackeln, um die Löwen daran zu hindern, die Linien zu durchbrechen und bildeten einen weiten Kreis, der sich immer mehr zusammenzog. Die Ahnung der Gefahr, die Wirkung der Getränke und der heiligen Pilze, die wir in diesen Tagen zu uns nahmen, versetzten uns alle in einen Zustand des Rausches. Bei der Treibjagd stießen sie laute Schreie aus, schlugen verstärkt auf ihre Trommeln und bliesen die Jagdhörner. Das Gebrüll der Raubkatzen antwortete ihnen, während sie langsam in die Richtung zurückwichen, wo wir sie erwarteten. Dort begannen Kambyses, Kyros und die wichtigsten Stammesfürsten von ihrem erhöhten Standort auf den Streitwagen, die männlichen Löwen mit ihren Pfeilen zu beschießen. Der Anblick der Löwen, ihrer Sprünge, ihre Bewegungen und ihr Gebrüll, um die Pfeile von ihren Lenden abzuschütteln, waren überwältigend. Allmählich begriffen die Raubtiere, wo sich ihre wirklichen Feinde befanden und versuchten, diese anzugreifen, jedoch wurden die Wagen von so geschickten Lenkern geführt, daß sie ihr Ziel verfehlten. Jetzt war es an der Zeit, wie es der Brauch vorschrieb, die Wagen zu verlassen und sich den Löwen mit der Lanze zu Pferd oder zu Fuß zu stellen.

Es entstand ein Augenblick der Verwirrung: In der Hitze des Gefechts verloren mich Kambyses und Kyros aus den Augen, die mir zuvor befohlen hatten, hinter ihren Wagen in Deckung zu gehen. Das Gebrüll der Raubkatzen, das Wiehern der Pferde, das Klirren der Waffen und die Schreie der Treiber, all das hatte mich in einen rauschartigen Zustand versetzt. Plötzlich, mit der frischen Morgenkühle und der aufgehenden Sonne, die hinter den Staubwolken des Kampfes hervorkam, verspürte ich in mir das fieberhafte Verlangen, meinen ersten Löwen zu erlegen. Auge in Auge sah ich mich einem brüllenden und angriffslustigen Tier gegenüber. Seine Schönheit blendete mich. Ich warf mein Pferd mit solcher Wucht nach vorn, dass es erschrak und ich den Löwen mit gesenkter Lanze erreichte, ohne daß ihm Zeit zum Angriff blieb.

Noch heute verspüre ich, welche Lust und welcher Schauder mich erfüllten, als meine Waffe in seinen Leib drang. Der Aufprall war so heftig, daß meine Lanze brach. Ein Ausweichmanöver meines Pferdes brachte mich zu Fall. Im Sturz sah ich, wie die Raubkatze zum Sprung ansetzte, aber mitten in der Bewegung wie gefällt zu Boden stürzte. Die Zügel meines Pferdes hielt ich noch in Händen und wollte mich, benommen vom Sturz, wieder in den Sattel zurückschwingen, als neben mir die Löwin auftauchte. Als ich sie so nah wahrnahm, glitt ich unter den Bauch meiner Stute, wie Kambyses mich gelehrt hatte. Diese setzte zur Flucht an, doch die Löwin hatte sich bereits in ihre Lende verbissen und brachte sie zu Fall, dabei streifte sie mich mit einem Prankenhieb, der mich nur leicht verletzte. Ich wollte meine Stute retten und versuchte, den Stumpf der Lanze in das Maul der Löwin zu stoßen, als sie mich ansprang. Doch sie brach jäh zusammen und ich erblickte hoch zu Roß drei riesige Gestalten, denen der Schrecken ins Gesicht geschrieben stand. Kyros und Kambyses hatten das wilde Tier mit ihren Lanzen durchbohrt und Akum – der Verwalter meines Großvaters – hatte ihr mit seinem Säbel den Gnadenstoß versetzt. Schon war er vom Pferd gesprungen, um sich zu vergewissern, ob ich verletzt war. Ich war betroffen von der Blässe seines sonst so undurchdringlichen Gesichts. Um mich den Tatzenschlägen und Zuckungen der sterbenden Löwin zu entziehen, ergriff er mich und hob mich Kambyses entgegen, der mit mir im Galopp davonstob.

Während des Augenblicks in Akums Armen nahm ich in ihm eine Leidenschaft wahr, die mich mit Abscheu erfüllte. Zeit, darüber nachzudenken, hatte ich nicht, denn nachdem Kyros und Kambyses die Harmlosigkeit meiner Wunde erkannt hatten, brachten sie mich unter Triumphgeschrei zu dem verendeten Löwen zurück. Mein Vater zog die zerbrochene Lanze aus dem Körper des Tieres. „Ins Herz getroffen", rief er, riß mich von Kambyses' Pferd, hielt mich hoch erhoben und führte mich im Triumph um die tote Wildkatze, während alle Jäger einen Kreis um uns bildeten. Ich kannte das Ritual. Ehrerbietig kniete ich nieder und verneigte mich vor meinem Gegner, küßte ihn auf die Stirn. Das Blut aus seiner Wunde vermischte ich mit meinem eigenen. Ich netzte damit meine Stirn, meine Brust und schließlich meine Lippen. Dann hob ein gewaltiges Geschrei unter den Männern des Clans an, sie stiegen hastig von ihren Pferden ab, wie vor ihnen Kambyses und Kyros, um ihr Gesicht und ihre Brust mit dem Blut des Löwen zu zeichnen, der durch einen Schlag von jungfräulicher Hand erlegt worden war.

Mein Vater versorgte meine leichte Wunde mit einem indischen Balsam. Über der Ebene war das Kampfgeschrei verklungen, die Krieger hatten die rituell vorgeschriebene Anzahl von Löwen erlegt. Die Treiber hatten ihre Reihen geöffnet, um die Flucht der Löwinnen und ihrer Jungen zu ermöglichen.

Ein großes Feuer war entfacht worden. Kambyses, Kyros und die übrigen Krieger des Clans blickten mich erwartungsvoll an. Der Grund für ihre Haltung und ihr Schweigen war mir nicht bekannt, denn ich war mir sicher, das ganze Ritual ausgeführt zu haben.

Plötzlich begriff ich, ein sehr langsamer Tanz hatte mich erfaßt, einem Gesang gleich. Ein roter und dichter Schleier legte sich über meine Augen, ich nahm keine Geräusche mehr wahr, überwältigt vom Geruch des Löwen, mit dem Geschmack seines Bluts auf meinen Lippen. Tanzend stieg ich allmählich in eine sehr ferne Vergangenheit ab, ich durchquerte Äonen und gelangte zur Grotte unserer Ahnen, mitten unter die göttlichen Löwen. Das Blut des Löwen, mit dem meinen vermengt, ermöglichte mir eine Wahrnehmung, in der es weder Vergangenheit noch

Zukunft gab, wo jegliche Trennung zwischen Tier und Mensch aufgehoben war, denn die Schwelle des Todes war überwunden. Zuweilen kam ich wieder zu Bewußtsein, ich konnte sehen, wie wir alle in der Grotte des Ursprungs tanzten, aus der einst die göttlichen Löwen ausgezogen waren, um uns als ihre ebenbürtigen Gegner zu gebären. Gelegentlich begegnete ich Kyros, er hatte das Maul und die Grausamkeit der Raubkatze, obwohl er mein Vater war und mich unentwegt anlächelte. In der Mitte bewegte sich Kambyses, unser aller Vorfahr. Er tanzte kraftvoll und beherrscht, in überlegener Hoheit, der nur ich, jungfräuliche Königin und Löwin, es gleichtun konnte. Jenseits der Zeit haben wir bis zu jenem Augenblick getanzt, in dem wir einen Opfertisch wahrnahmen, auf dem ein prächtiges Feuer loderte, dessen Flammen sehr hoch schlugen. Da verließen mich meine Kräfte und ich verlor das Bewußtsein.

Als ich wieder zu mir kam, lag ich in einem Zelt. Kyros an meiner Seite lächelte mich an. Auf dem Steinaltar inmitten der Ebene loderte der Scheiterhaufen, Kambyses erteilte den Bergbauern und den Wagenlenkern Anweisungen, welche die Körper der im Kampf getöteten Löwen hinter sich herzogen. Sie sollten verbrannt und ihre Asche anschließend auf die Felder der Männer des Clans und der mit uns verbündeten Stämme verstreut werden. Ein eigener Altar sollte der toten Löwin geweiht werden. Es galt als Frevel, eine Löwin während des rituellen Löwenkrieges zu töten, schlimmer noch, sie mit einem Säbel niederzustechen, wie Akum es getan hatte, denn allein Bogen und Lanzen waren an diesem Tag als Waffen zugelassen. Akums Tod wäre eigentlich besiegelt gewesen, hätte er mich nicht vor großer Gefahr bewahrt, mich die erste Frau, die an unserem heiligen Krieg teilgenommen hatte. Zwar hatte ihn der Ältestenrat begnadigt, jedoch von der Feier ausgeschlossen.

In der Abenddämmerung wurden alle toten Löwen auf dem Altar aufgeschichtet und mir fiel es zu, Feuer an die Scheite zu legen. Während das Feuer die Leiber verzehrte, kam der Tanz wieder über uns und verwandelte uns, unter der Wirkung der berauschenden Getränke, erneut in Löwen.

Der Mond über uns wanderte am Himmel, während wir unsere Tänze nach den Sternbildern ausrichteten. Die Glut der Altarfeuer legte sich, zuweilen loderten Flammen jäh wieder auf und sprühten Funken in die Ferne. Nie zuvor war das Leben so schön, so wild gewesen. Die Tänzer bildeten Kreise, die sich wie Wogen um mich herum öffneten und schlossen.

Ich war die einzige Löwin unter diesen männlichen Löwen: Ihre Begierde, ihre Männlichkeit bedrängten mich von allen Seiten, doch ich fühlte mich beschützt durch die überlegene Kraft meines Vaters und Kambyses, deren riesige Umrisse ihre Schatten bis an die Ränder der Ebene warfen.

Unter den Tänzern flackerten häufig Kämpfe auf, Gebrüll erschallte. Es waren kurze und heftige Zusammenstöße, die beim ersten Blutvergießen ein Ende finden mussten. Allein der Tanz dauerte fort und brachte uns nach und nach zum Ursprung zurück, dorthin, wo Seele und Körper eins sind. Bei Tagesanbruch entzündete mein Vater den Scheiterhaufen der Löwin und wir warfen uns alle vor ihr nieder. Während sich das Feuer verzehrte, bemerkte ich Akum, gut versteckt hinter den Treibern, der mich beobachtete. Er gehörte heute nicht hierher, ich lief auf ihn zu und stach auf ihn ein. Er wich mir aus und das, was ich auf seinem Gesicht wahrnahm, wurde mir unerträglich.

Ich ließ das Messer fallen, sprang ihn wie eine Löwin an und biß ihn tief in den Hals. Schreiend fiel er nieder und Kyros trennte uns. Während Akum sich vom Boden erhob, stammelte er: „Du hast von meinem Blut getrunken".

Das erfüllte mich mit Abscheu, ich floh, warf mich zu Boden und erbrach. Die Sonne stand hoch am Himmel, rings um uns nur noch verkohlte Feuerstellen, kraftlose Männer, die zu ihren Wagen oder Pferden zurückkehrten und irgendwo in der Ebene, die tote fuchsrote Stute, auf der ich angeritten und die an meiner Statt zu Tode gekommen war.

Kambyses blieb mit seiner Dienerschaft, um die Asche der Löwen in Urnen zu sammeln. Mein Vater brachte mich auf seinem Pferd völlig entkräftet nach Hause. Blutbedeckt war ich, meine Wunde schmerzte und ich hatte Fieber. Meine Haare und meine Kleider waren zum Teil versengt, denn ich hatte mich unversehens beim Tanzen allzu nah ans Feuer begeben.

Meine Mutter und meine Schwester wollten mich versorgen, aber ich erbat mir zunächst von meiner Mutter die Erlaubnis, mich eine Weile in ihrem Garten auszuruhen, was sie mir gewährte.

Diesen Garten hatte sie selbst entworfen und bestellte ihn auch selbst. Er war von bescheidenem Ausmaß und lag verborgen inmitten der Weinberge. Seine Quelle ergoß sich sternförmig und ihre Musik erquickte mich mit Klang und köstlicher Frische. Blumen, Lauben, Vogelgezwitscher zeugten von beharrlicher Andacht und innerer Sammlung: Hier offenbarte sich das anrührende, zurückhaltende und hingebungsvolle Wesen meiner Mutter, ihr feines Gespür für den Augenblick, für Töne und Farben. Das Wasser spiegelte mein vom Feuer geschwärztes Gesicht, meine blutbefleckte Kleidung und meine angesengten Haarsträhnen. Meine Mutter gesellte sich zu mir und ich wies auf mein Spiegelbild: „Sieh, dieses unbändige Mädchen bin ich wirklich". Sie schloß mich in die Arme und sagte: „Ich liebe dich wie du bist". Sie tröstete mich. Ich sagte: „Ich wünschte, ich wäre wie du, wie unser Garten". – „Du bist ein Teil dieses Gartens", antwortete sie mir, „jedes Mal, wenn ich hier weile, denke ich an dich. Überlass dich der Zeit und dann, wenn es so weit ist, der Liebe". Wir kehrten ins Haus zurück, gemeinsam mit meiner Schwester wusch und verband sie mich; so schlief ich ein.

Am nächsten Tag fühlte ich mich noch immer in meinem tiefsten Innern meiner Mutter als Tochter und meiner Schwester schwesterlich verbunden, und mit ihnen teilte ich die Bräuche, die Mühen und die Freuden der griechischen Frauen, welche ihre Familien und das Brauchtum bewahrten und schützten. Singend saßen wir an einem Webstuhl und arbeiteten an einem Teppich, als mein Vater eintrat. Als ich ihn vor mir stehen sah, so stattlich, gelassen, grundgütig, selbstbewusst und von natürlicher Würde, fragte ich mich, wie wir beide den Tanz der Götterlöwen hatten tanzen können, inmitten einer Schar von Männern, brüllenden und getriebenen Raubkatzen gleich. Ich flehte ihn an, mir zu sagen wie er, der den unendlichen Gott der weisen und der heiligen indischen Bücher erkannt hatte, jener Löwe hatte werden können, den ich gesehen und mit dem ich getanzt hatte. Wie er diese Löwin hatte ertragen können, die eine ganze Nacht die Begierde der Männer des Clans auf sich gezogen hatte, jenes hemmungslose Weibchen, das ich gewesen war und wohl noch immer bin, das einen Löwen erlegt und einen Mann in die Kehle gebissen hatte. Meine Mutter und meine Schwester erhoben sich und schickten sich an, den Raum zu verlassen, als ob es sich, zwischen uns, um Geheimnisse und Leidenschaften handele, welche Frauen wie ihnen schlecht anstanden.

Mein Vater bat sie zu bleiben. „Die Ägypter", antwortete er, und die Inder haben in ihrer Vorstellung und in ihrem Herzen erhabene Begriffe erdacht und sie in ihren Kunstwerken gestaltet, die von tiefer Gotteserfahrung, von Göttern und Menschen in ihrer Verbundenheit mit dem Universum zeugen. Unser Weg ist ein anderer; was sie auf ihre Art erstreben, erleben wir in unserem Körper, in

Gemeinschaft mit unseren Vorfahren, den Löwen. Wir finden das, wenn wir uns mit ihnen messen, in der Ehrerbietung, die wir ihnen zollen und die uns, nach dem jährlichen Kampf in der Nacht der Versöhnung, mit ihnen und der Welt vereint. Ägypter und Inder sind manchmal imstande mit Gott zu sprechen, seine Worte zu wiederholen und sie an ihre Nachfahren weiterzugeben. Wir erkennen Gott nur in den Löwen: Das genügt für diese Zeit und dieses Land, die unser sind. Zwar können wir nicht von Gott sprechen, doch wir können ihn an den Tagen der rituellen Kampffeier im Tanz erleben und manchmal auch im Gesang, wie wir es mit dir vermochten". Da warf ich mich ihm zu Füßen und rief: „Habe auch ich gesungen?" – „Ja, du hast gesungen und wir alle mit dir, während das Feuer die Löwen verzehrte".

Eine große Beklemmung (Angst) überkam mich und ich fragte, den Blick dabei auf meine Mutter gerichtet: „War das etwa der Jubelgesang, den ich damals im Wahn anstimmte?" – „Nein, es war ein sehr altes Lied, das wir einst kannten und vergessen haben. Ein blutrünstiger Lobgesang, stolz und furchteinflößend wie der Tod der Löwen".

Meine Mutter und meine Schwester nahmen ihren Platz wieder ein und begannen zu weben. Mein Vater führte mich zu dem meinen und es breitete sich eine wohltuende, lange Stille aus. Auf einmal brach er das Schweigen mit der merkwürdigen Frage: „Könntest du ohne Pferde glücklich leben?" An meiner Statt antwortete meine Mutter: „Noch nicht". Mit einem Lächeln fuhr sie fort: „Eines Tages, vielleicht".

Kambyses kehrte einige Tage später nach Hause, er sagte mir, dass die tote Löwin geehrt worden sei, wie es ihrem Mut zukam. Er war auf den höchsten Gipfel unseres Gebirges aufgestiegen und hatte die Asche in alle Himmelrichtungen verstreut.

Ich zögerte, die Jagd mit ihm wieder aufzunehmen, doch meine Mutter bat mich darum, so dass ich keinen Grund sah, mir diese Freude zu verweigern. Zuhause und tagsüber bemühte ich mich, das zu sein, was ich war, ein junges Mädchen auf dem Weg zur Frau. Doch an Kambyses' Seite dachte ich häufig an die Löwen und in meinen Träumen war ich bei ihnen am Ufer des Meeres, das ich noch nie gesehen hatte.

Bald darauf kündigte uns ein Botschafter den Besuch Arses' an, der aus Griechenland anreiste, um Kambyses die Wiedervereinigung des gesamten doch seit langer Zeit getrennten Clans vorzuschlagen. Mein Vater war nicht abgeneigt, denn er sah darin einen Ausweg, unsere Freiheit angesichts der stärker werdenden Macht der Könige zu bewahren. Kyros hatte Arses in Indien kennengelernt und schätzte ihn als außergewöhnlichen Menschen. „Er ist", sagte er zu uns, „ein sehr mutiger Mann, ein erprobter Seefahrer, ein scharfsinniger Beobachter der Gestirne und ein Stammesführer, der die Gerechtigkeit zu seiner Sache macht".

Arses war ein zurückhaltender Mann, der bei der Ankunft mit seinem Freund Itrios keinen sonderlichen Eindruck auf mich machte. Er zeichnete sich weder durch seine äußere Erscheinung noch durch seine Rednergabe aus. Was ich zunächst für Vorsicht hielt, eine Tugend, die ich eigentlich wenig schätzte, stellte sich später als ausgeprägte Umsicht heraus. In meinen Augen war er, was Kambyses ein wenig herablassend einen griechischen Griechen nannte. Meine Mutter und meine Schwester teilten rasch die Freundschaft und die Aufmerksamkeit, die mein Vater unseren Gästen entgegenbrachte. Dergleichen empfand ich nicht, und ich war mir sicher, dass Kambyses, hinter der ausgesuchten Höflichkeit und der Achtung, die er Arses bezeugte, ebenso dachte wie ich.

Eines Morgens, als ich etwas später von der Falkenjagd heimkehrte, näherte ich mich im Galopp dem Eingang unseres Anwesens. An diesem Tag fühlte ich mich prächtig und in der Annahme, ich sei unbeobachtet, stellte ich mich im Sattel auf, wie Kambyses mich gelehrt hatte, sprang mit einem Satz zu Boden und gebot meinem Pferd durch einen Zuruf Einhalt. Dies gelang mir wohl mit einiger Anmut, denn als ich Arses sah, den ein Baum vor meinen Blicken verborgen hatte, hatte es ihm die Sprache verschlagen. Voller Bewunderung schaute er mich an, was mich überraschte, doch schenkte ich dem Vorfall keine weitere Aufmerksamkeit, da wir uns zum Essen ins Haus begaben. Ich war überzeugt, dass Arses sich in meine Schwester verliebt hatte, und die heitere Stimmung, die während des

Mahls zwischen ihnen herrschte, schien dies zu bestätigen. Denn seit frühester Kindheit stand für mich fest, dass meine Schwester schöner und klüger war als ich. Ich fühlte mich deshalb nicht zurückgesetzt, da Kambyses mich vorzog und mich an seinem Leben, dem des Clans und der Gemeinschaft der Löwenmenschen teilhaben ließ, während meine Schwester davon ausgeschlossen blieb.

An diesem Tag, als Arses' Blicke mich zunehmend beeindruckten, wirkte meine Schwester heiterer und strahlender als sonst. Mir schien, es läge an Arses' Anwesenheit, und als ich mit meiner Schwester die Speisen auftrug, empfand ich mit Erstaunen, dass das Leben, das mir noch vor einigen Stunden nach allen Seiten offen stand, nun plötzlich endgültig ausweglos erschien.

Tags darauf musste ich mit Kyros zu einem abgelegenen Gehöft reisen, um eine Kranke unseres Clans zu versorgen. Arses bat darum, uns begleiten zu dürfen. Im Gegensatz zu meinem Vater und mir war er nicht von Kindesbeinen an mit dem Reiten vertraut. Ihm fehlte die Erfahrung mit unseren feurigen Pferden und mit den Schwierigkeiten, die mit der Wildheit unseres Landes zusammenhängen, auf die wir so stolz sind. Vor jedem Hindernis beobachtete er zuerst, wie wir es überwanden, bevor er es unbeholfen, aber entschlossen nahm. Dabei kam er einmal zu Fall und sagte zu mir, als er sich erhob: „Auf hoher See wäre ich in meinem Element!" Ich erwiderte: „Da hätte ich Angst!" Und dann spontan: „Doch nicht an Eurer Seite!" Ein sehr schönes Lächeln erhellte sein Gesicht, als hätte ich ihm ein

Versprechen gegeben. Doch hatte ich ihm nichts versprochen, und dieses Lächeln verwirrte mich.

Auf dem Hof untersuchte mein Vater sofort die Kranke, gab ihr ein Heilmittel und wies mich an, sie zu massieren. Kyros war ein bedeutender Heiler, doch fehlte ihm die Gabe der heilenden Hände, die meine Schwester und ich von unserer Mutter geerbt hatten.

Ich massierte die Frau nach einer indischen Lehre, deren Grundlagen uns mein Vater erläutert hatte und die wir nach unseren Fähigkeiten ausführten. Unterdessen hatten sich mein Vater und Arses in die Stube zurückgezogen, um mit dem Ehemann zu sprechen.

Als die Frau die Wirkung meiner Hände verspürte, atmete sie leichter und mir gefiel es, mit meinen Händen diesen schönen Körper zu berühren. Da aber kam mir der Gedanke, dass auch mich eines Tages Männerhände streicheln würden.

In diesem Augenblick nahm ich das Schweigen wahr, das sich im Raum ausgebreitet hatte, und als ich mich umwandte, sah ich Arses' Augen auf mir ruhen. Mein Vater folgte seinem Blick und sagte: „Wie schön sie sind!"

Arses schwieg und ohne mich umzudrehen, war ich gewiss, dass er zu einer Antwort nicht mehr in der Lage war, gänzlich versunken in unsere Anschauung. Kyros entging nicht, was geschehen war; er verließ mit ihm den Raum. Von ihren Ängsten und Spannungen befreit, erhob sich die Frau, genesen dank begnadeter Hände, wie sie sagte. Ich half ihr bei der Zubereitung des Mahls, das wir gemeinsam einnahmen und erst nach Einbruch der Nacht, im Mondenschein, verließen wir den Hof. Mein Vater ließ mich vorwegreiten und ich, noch entzückt von Arses' Zuwendung, setzte zu einem wilden Galopp an. Am Ausgang einer Schlucht sah ich aus nächster Nähe eine Löwin; obwohl ich unbewaffnet war, verhielt ich den Schritt nicht. War es vielleicht die Seele der Löwin, die Akum erlegt hatte? Sollte sie an Rache gedacht haben, so wäre mir dieser Tag, der schönste meines Lebens, zum Sterben recht gewesen. Mit einem Sprung entfernte sich die Löwin und ich sagte mir: Das ist ein Zeichen, ich werde leben. Für ihn will ich leben.

Der schnelle Ritt hatte unsere Pferde erschöpft. An einem See hielten wir an, um die Tiere trinken und verschnaufen zu lassen. Ein sehr blasser Arses näherte sich mir und ich sah, wie schwer es ihm fiel, das Wort an mich zu richten. Auch ich erschrak und flüchtete mich ins Wasser, um ihm zu entkommen. Er folgte mir, ich fühlte mich wie gelähmt. Arses war ein besserer Schwimmer als ich, plötzlich hielt er mich fest, der Mondschein erhellte das Ufer, mein nasses Haar fiel mir ins Gesicht wie ein schützender Schleier. Er konnte nur meine Augen sehen, doch das genügte ihm. Allein unsere Köpfe ragten aus dem Wasser. Er schaute mich an und sagte: „Sag ja". Und ich antwortete: „Ja".

Schweigend kehrten wir ans Ufer zurück; jeder in sich gekehrt. Meine inneren Empfindungen verängstigten mich, glücklich konnte ich in diesem Augenblick nicht sein. Wir froren. Kyros entzündete ein wohltuendes Feuer. Als Arses sich aufgewärmt hatte, erhob er sich und sagte mit lauter Stimme: „Ich liebe Diotima". „Das sehe ich", antwortete mein Vater. „Ich will sie zur Frau". Und was will Diotima?" Mein Vater schaute mich an, aber ich war unfähig, mich zu äußern.

„Und du, was willst du?" Nun nicht mehr vor Kälte, sondern aus einer inneren Furcht, die mir Arses in dieser Nacht einflößte. „Willst du es, dann wollen wir es auch, deine Mutter und ich".

Sie wussten also Bescheid, untereinander hatten sie sogar schon darüber gesprochen, über diese Liebe, die mir selbst verborgen geblieben war. „Ihr müsst noch Kambyses' Zustimmung erhalten", sagte Kyros, „das wird nicht leicht".

Den mörderischen Galopp der vergangenen Nacht nahmen wir nicht mehr auf, sondern kehrten schweigend im Schritttempo zurück. Am übernächsten Tag fand bei Kambyses eine Falkenjagd statt und Arses folgte mir auf Schritt und Tritt. Er ließ mich nicht aus den Augen. Für ihn waren meine Bewegungen und mein Lächeln schlicht vollkommen, und unter seinen Blicken wurden sie es auch.

Kambyses spürte, dass etwas Wunderbares im Gange war. Niemals zuvor waren die Falken so zielsicher, so elegant im Kreisen, so pfeilschnell im Ergreifen ihrer Beute. Mit sichtbarem Vergnügen lächelte Kambyses mir zu und ich empfand eine dunkle Vorahnung, dass sein Blick auf mich dem von Arses ähnelte, jedoch wissend um Verlust und Entsagung.

Nach der Jagd sprachen sie lange miteinander. Als sie sich später zu mir gesellten, entging mir nicht, dass Arses verstört war.

Den Grund wollte ich nicht wissen, die Angelegenheiten des Clans betrafen mich nicht mehr. Ich wollte nur eins: mit und für Arses leben.

Aufgebracht wandte ich mich an Kambyses: „Ich will seine Frau werden. Sag ja!" Hochaufgerichtet stand er vor mir mit seiner langen ausgezehrten Gestalt, sein scharfkantiges erhabenes Gesicht zeigte eine Trauer, die ich an ihm nicht kannte. Er schrie: „Du willst mich verlassen!"

Daran hatte ich nicht gedacht. Meine Gedanken galten ausschließlich Arses und der fast unerträglichen Inbesitznahme meines Seins durch ihn, die mir keinen Ausweg mehr ließ. Auch ich schrie ihn an: „Ich will dich nicht verlassen. Euch beide will ich haben." – „Das ist unmöglich", erwiderte Arses, „mein Platz ist in Griechenland und deiner auch, wenn du mir folgst".

Kambyses richtete sich zu seiner ganzen Größe auf, er überragte uns um Kopfeslänge: „Du willst mich allein sterben lassen. Du weißt genau, dass du mein Ein und Alles bist".

Das wusste ich in der Tat und ich empfand diese ausschließliche Liebe, die mir plötzlich den Weg versperrte, als Ungerechtigkeit. So antwortete ich: „Dazu hast du kein Recht". Bitter seufzte er: „Recht? Was heißt hier Recht?" Er sagte die Wahrheit, das versetzte mich in Rage, ich ging auf ihn los und schlug auf ihn ein wie damals in meinem Delirium. Mit den Fäusten hämmerte ich auf seine mächtige Brust, seine Arme, seinen Rücken. Bisweilen schloss ich ihn in meine Arme und schrie: „Sag ja! Sag ja!" Dennoch war ich bei klarem Verstand und das sah er auch. Er sollte an seinem Körper spüren, was in dem meinem vorging. Um jeden Preis musste ich Arses' Frau werden. Dass ich das nicht gewollt oder herbeigesehnt habe, dass ich genauso überrascht worden sei wie er durch dieses Geschehen, das auf mich herabgestoßen sei wie ein Adler. Er müsse seine Zustimmung geben, ich bräuchte seinen Segen, damit auch ich einwilligen könne in das, was mir an Unerhörtem zustoße. Unter meinen Schlägen wich er Schritt um Schritt zurück. Ich wusste wohl, er würde nicht nachgeben, das entsprach nicht seiner Natur, aber ich spürte, dass er nachvollziehen konnte, dass er schon dabei war, es zu tun. Das sah er ein, er sagte: „Du hast eine gute Wahl getroffen". Das waren nicht die Worte, die ich mir erhofft hatte. Es ging nicht um Wahl, davon war nie die Rede gewesen, weder für mich noch für Arses, dessen war ich mir sicher. Ich hörte nicht auf, ihn zu schlagen, ihn schreiend zu umarmen: „Sag ja, sag ja!" Dann verspürte ich plötzlich das Bedürfnis, seinen Namen auszusprechen. Ich hörte auf zu schreien und sagte mit unendlicher Zärtlichkeit: „Kambyses".

Da fühlte er die ganze Liebe, die ich ihm entgegenbrachte, aber auch, was geschehen war. Was sich zwischen Arses und mir ereignete, war nicht ein bloßes Gefühl, keine reine Begierde, sondern eine Entrückung, eine Bestimmung, die Entscheidung einer weitaus höheren Instanz, als dass wir beide darauf hätten Einfluss nehmen können.

Ich ließ ab von ihm, er nahm mich in seine Arme und hob mich in die Höhe wie früher, als ich klein war. Ich lachte, wehrte mich ein wenig und war sehr glücklich. Nachdem er mir so verdeutlicht hatte, dass er im Vollbesitz seiner Autorität und immer noch der Stärkere war, erwiderte er: „Ja. Ich sage ja". Als ich daraufhin seine Hand küssen wollte, wie ich es sonst tat, fügte er hinzu: „Arses muss sich an die Regeln des Clans halten". Er gab uns ein Zeichen zum Aufbruch.

Auf einmal saßen wir beide wieder im Sattel. In dieser Auseinandersetzung war ich so sehr von Kambyses erfüllt, dass ich Arses aus dem Blick verloren hatte. Meine Tränen und meine Wut hatte ich schon vergessen, nur ein großes Glücksgefühl erfüllte mich. Ich war mir sicher, dass es Arses so ging wie mir, ich sang und schrie. Plötzlich fiel mir sein Schweigen auf. Sein Gesicht war finster, als er sagte: „Mit Kambyses' Bedingungen bin ich nicht einverstanden".

Ich war bestürzt, die Riten, um Oberhaupt des Clans zu werden, sind eindeutig. Dazu muss man allein, zu Fuß, mit einer Lanze, einem Bogen und drei Pfeilen bewaffnet, einen Löwen töten, auf den der Rat des Clans das Los geworfen hat. Das Risiko ist groß, viele Männer kommen dabei um oder werden verstümmelt, wenn sie versuchen, in den kleinen Kreis der Clanführer aufgenommen zu werden. Arses war kein Raubtierjäger, nicht einmal ein guter Jäger, doch war ich sicher, dass diese Herausforderung nicht über seine Kräfte ging. Ich sagte zu ihm: „Wir werden dir die Löwenjagd beibringen. Du wirst sehen, es gibt auf der Welt nichts Schöneres, als einen Löwen zu erlegen". Ich glaubte fest an das, was ich sagte, so dachte ich mit meinen vierzehn Jahren. Arses betrachtete mich mit strahlendem Lächeln und ich verstand, dass mein Anblick ihn weitaus mehr begeisterte als das Erlegen von Löwen. Ich errötete und fühlte mich unter seinem Blick schöner. Endlich hörte ich auf zu glauben, ich sei weniger schön als meine Schwester und mehrere andere junge Mädchen des Clans – was doch der Wirklichkeit entsprach.

So erklärte ich ihm, dass er den Löwen mir zuliebe töten werde und wenn er dabei umkäme, ich ihn rächen würde, bis zu meinem eigenen Tode, denn ich wollte ihn nicht überleben. Mit großer Leidenschaft sprach ich, die mich noch anziehender erscheinen ließ. Wir setzten uns eine Weile in den Schatten eines vertrauten Baumes, der unser Baum geworden war. Der Überschwang hoffnungsvoller Gefühle schmeichelte meiner Schönheit und Arses sagte zu mir mit einem bewundernden Blick: „Du bist Aphrodite und zugleich Artemis. Wenn du auch ein wenig von Pallas Athene in dir hast, wirst du verstehen, dass mich der Gedanke, einen Löwen zu töten, mit Abscheu erfüllt. Das ist ein barbarischer Akt, der den Griechen fremd ist. Bei mir zu Hause und in Indien lernte ich, das Leben in den Tieren zu ehren, nicht, sie zu töten. Wir vernichten sie nicht, wir erweisen ihnen Ehrerbietung, indem wir uns dem Kampf mit ihnen stellen. Kambyses will, dass auch du die Regel einhältst". „Er wird seine Meinung nicht ändern". – „Das weiß ich". – „Dann verzichtest du also auf mich?" Wir schauten einander an und uns war klar, dass wir einander nicht entsagen konnten.

Ich sagte: „Du wirst ihn töten. Kambyses wird zufriedengestellt, der Clan wird vereinigt und wir bleiben zusammen". Er antwortete: „Ja", wie Kambyses. Und litt dabei wie dieser, um meinetwillen.

Kyros und ich haben Arses auf den Kampf vorbereitet. Kambyses gesellte sich gelegentlich zu uns und lehrte ihn mit sparsamen Gesten und kargen Worten besser, als wir es vermocht hätten, wie man sich in einen Löwen hineindenkt.

Im Rat der Ältesten entschied das Los, welchem Löwen er sich zu stellen habe und Akum wurde, zu unserem Verdruss, auserkoren, uns zu führen und Arses den Löwen zu zeigen, der sein Gegner sein sollte. Mein Vater und ich begleiteten Arses. Kambyses und die Mitglieder des Rates sollten am Tag des Kampfes zu uns stoßen.

Das Revier der Raubkatze befand sich dort, wo die Wüste in Gebirge überging. Es war ein älterer Einzelgänger, dem die Stämme in der Umgebung mit Furcht und Verehrung begegneten. Mehrere Männer hatten bereits versucht, ihn zu erlegen, weil sie in dem inneren Kreis der

Stammeshäupter zugehören wollten. Alle waren dabei ums Leben gekommen, wenn sie ihm auch Wunden zugefügt hatten, die ihn noch reizbarer machten. Selbst Kambyses war auf einer Jagd von ihm überrascht worden und der Kampf hatte ohne Sieger und Besiegte zu einem klaren Unentschieden geführt. Seitdem hatte er strikt untersagt hatte, dass der Große Löwe, wie er genannt wurde, in den Löwenkrieg einbezogen oder durch die Stämme angegriffen werde. Sicherlich war es nicht sein Wunsch, dass ausgerechnet er Arses' Gegner werde. Allein ein bedauerliches Los war dafür verantwortlich.

Wir verbrachten die Nacht nahe beim Jagdrevier des Löwen. Am nächsten Morgen erkundete Akum mit Arses das Terrain auf der Suche nach Spuren und Gewohnheiten der Raubkatze. Der Tag erschien mir endlos und drückend unter einem drohenden Gewitter. Ich war wie gelähmt von einer unbezwingbaren Furcht.

Als die beiden Männer zurückkehrten, glaubte ich, hinter der undurchdringlichen Miene Akums einen leichten Triumph und geheime Ironie wahrzunehmen. Arses jedoch wusste nicht minder seine Gefühle zu verbergen.

Mit seiner unauffälligen, kaum Widerspruch duldenden Autorität, die ich an ihm so liebte, sagte er zu Akum: „Was ich sehen wollte, habe ich gesehen, kehrt zu Kambyses zurück". Da der Andere zögerte, fügte er hinzu: „Jetzt gleich". Akum machte kein Hehl aus seiner Enttäuschung und seiner Wut, doch der Befehl war so erteilt, dass ihm keine Wahl blieb.

Durch seinen Aufbruch fühlte ich mich erleichtert, doch Arses' Schweigen überraschte mich. Als der Mond nach dem Abendessen aufging, wandte er sich an meinen Vater mit den Worten: „Diotima und ich wurden in eine Falle gelockt. Kambyses weiß es sicher nicht, aber es handelt sich hier um etwas, das ich nicht für möglich gehalten hatte und das alles außer Kraft setzt, was ich über die Beziehungen zwischen Mensch und Tier zu wissen glaubte. Ich kann es nicht in Worte fassen, ihr müsst es selbst sehen". Er sprach mit ungewöhnlichem Ernst und wir spürten, dass ein rätselhaftes Ereignis ihn verwirrt hatte. Mein Vater stellte keine Fragen und auch ich wagte es nicht.

Den ganzen Tag führte uns Arses durch das Jagdgebiet des Großen Löwen. Gelegentlich erblickten wir ihn, doch immer in zu großer Entfernung. Die Hitze war drückend und die Angst lähmte mich. Bei Einbruch der Nacht führte uns Kyros, der sich mit den Lebensgewohnheiten der Löwen auskannte, an das Ufer eines Flusses, wo wir ihn bei Mondaufgang aus der Nähe betrachten konnten. Wir hatten uns gut versteckt und der Wind war günstig. Auf einmal, unvermittelt, erschien der Löwe. Er war das stattlichste und schönste Raubtier, das wir je gesehen hatten. Seine Haltung war königlich, seine Bewegungen von gelassener Eleganz. Diese furchterregende Kraft wurde durch die Last der Jahre gedämpft. Er war nicht nur der Große Löwe, er war auch, wie ihn die Stämme nannten, der Urahn, dessen Schicksal sich bald vollenden sollte. Als wir ihn betrachteten, begriffen wir, was Arses am Vortag so sehr erschüttert

50

hatte. In seinen Bewegungen, seiner Haltung, seiner Art zu trinken und zu fressen, in seiner lauernden Angriffslust, spiegelte der Große Löwe nicht nur das ferne Bild des Ahnen, er war auch, da er zur gleichen Zeit lebte, das animalische und herrschaftliche Gegenbild Kambyses'. Er ähnelte ihm in Auftreten, Einsamkeit und Macht. Da ihm die gleiche Ehrerbietung gezollt wurde, übte er auf alle, die ihn umgaben, eine unwiderstehliche Anziehungskraft aus. So löste das Raubtier auch in uns unmittelbar die gleichen Gefühle der Bewunderung und Zuneigung aus, die wir Kambyses entgegenbrachten. Jäh erfassten wir die Tragweite der Worte, die Arses am Vortag ausgesprochen hatte: „Wir wurden in eine Falle gelockt". Ein Hinterhalt, auf den Akum beharrlich hingearbeitet hatte und dem Arses nicht entgehen konnte, denn die Beschlüsse des Rates waren unumstößlich.

Wir kehrten zum Lager zurück und Arses erläuterte uns in wenigen Worten, dass sich das Problem für ihn noch unentwirrbarer darstellte, als wir es vermuteten. Sollte der Kampf stattfinden, hätte jeder Gegner eine echte Chance zum Sieg, aber das war nur die halbe Wahrheit. Auch wenn Arses noch nicht offiziell als persischer Stammesführer anerkannt worden war, galt er doch als natürliches Oberhaupt des gesamten Clans und dank einer Kraft, die er in sich nicht verleugnen konnte, als der eigentliche Herr über die Löwen. Da er nun den Löwen aus nächster Nähe bei der Tränke beobachtet hatte, hegte er diesbezüglich keine Zweifel mehr, denn ein Traum in der vorhergehenden Nacht hatte ihn in dieser Überzeugung bestärkt. Sollte er den Kampf gegen die Raubkatze aufnehmen, würde er am Ende der Überlegene sein und diese geheimnisvolle Verkörperung Kambyse' töten und damit zweifellos Kambyses selbst.

Mein Vater pflichtete Arses bei, dankte ihm mit einer für ihn überraschenden Umarmung. Auch ich vermeinte, ihm zuzustimmen, denn ich liebte Kambyses und wollte seinen Tod nicht. Dennoch widersetzte sich etwas tief in meinem Innern Arses' Entscheidung. Aufgebracht verließ ich die beiden Männer und weinte bittere Tränen in meinem Zelt. Mitten in der Nacht erwachte ich, noch immer weinend. Also liebte Arses mich nicht. Nicht wie ich ihn liebte, da er nicht bereit war, alles, aber auch restlos alles, für unsere Vereinigung einzusetzen. Die Tötung des Bruders verweigerte er, des finsteren Doppels von Kambyses, während ich, in der unerbittlichen Unschuld meiner Liebe, zu jedem Opfer bereit war. Ich lief zu seinem Zelt, flehte ihn an, beteuerte, ich würde das Raubtier an seiner Stelle selbst erlegen, falls es ihm an Entschlossenheit gebrach. Arses ermunterte mich, den Mut zum geduldigen Warten aufzubringen, sollte es nötig sein, bis hin zu Kambyses' oder des Löwen Tod, von denen der eine wie der andere nahe waren.

Oh, für ihn gab es keine Eile und er sprach zu mir in der Art des Griechen aus Griechenland, ohne zu bedenken, dass er es mit einer halbwüchsigen Nichtgriechin zu tun hatte. Für mich war alles unmittelbar drängend, leidenschaftlich, impulsiv, unaufschiebbar, eine Sache auf Leben und Tod. Darum wollte ich etwas ganz Anderes, mich seiner würdig erweisen, es ihm gleichtun. Den Tod dieses alten Löwen konnte ich nicht erwarten, der uns im Wege war. Jetzt wollte ich auf nichts verzichten. Nur eins war mir wichtig: Ich wollte Arses, sofort und um jeden Preis. Hastig verließ ich sein Zelt, sattelte mein Pferd, griff zu Lanze, Bogen und drei Pfeilen und erreichte im Galopp das Revier des Löwen. Hinter mir vernahm ich Geräusche, es war Arses, der mir bewaffnet folgte. Er versuchte nicht, mich einzuholen, er blieb hinter mir, bereit, mir beizustehen. Vergeblich durchzog ich das gesamte Revier, die Raubkatze bekam ich nicht zu Gesicht. Als wir im Morgengrauen zum Lager ritten, stießen wir auf meinen Vater, der auf einem anderen Weg zurückkehrte. Halb ironisch und halb verdrossen schaute er mich an: „Deinetwegen habe ich mit Hilfe anderer Stammesangehöriger die Nacht damit zugebracht, den Großen Löwen aus seinem Revier herauszulocken. Er ist ein gefährliches Raubtier, ein Pferd kam um, beinahe hätte er einen Menschen getötet und ich wurde verletzt. Komm zur Vernunft, Diotima, lass uns umkehren!" Auf dem Rückweg nahmen sie mich unter strenge Aufsicht, dabei war mir nicht nach Flucht zumute. Allerdings war mir nicht klar, wie ich die Wartezeit, die sich vor mir öffnete, überstehen sollte.

Völlig verschreckt kehrte ich nach Hause zurück. Ich wusste nicht mehr, wer ich und wer Arses war. Ihn bewunderte ich für seine Weigerung gegen den Großen Löwen zu kämpfen und verabscheute ihn zugleich, weil er nicht gegen alle Gesetze verstoßen wollte, um mich zu erobern. Meine Mutter erkannte meinen Zwiespalt und riet Arses, mit mir einen alten Weisen aufzusuchen, der von den Bergstämmen verehrt wurde. Dieser Weise, der aus einem unbekannten Land stammte, hatte, dem Schritt seines schwarzen Büffels folgend, ganz Asien bereist. Diejenigen, die von Sorgen bedrückt waren, die inneren Frieden suchten, kamen von überall her, um in seiner Nähe Trost zu finden. „Geh zu ihm", sagte meine Mutter, „er ist sehr alt, das ist ein Zeichen von Weisheit. Er geht dorthin, wo sein Büffel ihn hinführt, und das ist gut so".

Mein Vater stimmte ihr zu und schlug zu meiner großen Überraschung vor, mit uns am nächsten Tag aufzubrechen. Nach mehreren Tagen der Suche entdeckten wir den Weisen. Hoch oben auf seinem Büffel schlummerte er vor sich hin und wirkte sehr alt. Er schien unsere Ankunft kaum bemerkt zu haben, jedoch, wenn eines der herumspielenden Kinder dem Büffel eine Blume oder einen Grashalm brachte, versäumte er es nicht, ihm mit einem leichten Aufschlag des Augenlids zu danken. Wir setzten uns schweigend in seine Nähe, der Büffel legte sich nieder, während der Greis sich zwischen seine Vorderbeine fallen ließ und in Schlaf versank, den Kopf auf die Flanke des Büffels gestützt.

Zum ersten Mal seit langer Zeit erfüllte mich eine große Ruhe und unter Arses' schmeichelndem, liebevollem Blick, der meine Schönheit erblühen ließ, schlief auch ich ein. Als ich aufwachte, hatten uns die Kinder und die Mitglieder des Stammes verlassen. Allein ein Paar wachte bei dem Weisen in der Nacht und ein Priester hatte ein Feuer angezündet. Arses erzählte mir, dass dieser den Greis seit langem begleitete. Er schnitzte seine Sätze in Steine, die er in die Nähe der Brunnen oder bei den Quellen niederlegte. Ich fragte den Priester, wem diese Inschriften dienten, da die Volksstämme des Lesens nicht mächtig waren. Er lächelte nur. In einer spontanen Geste umarmte ich ihn. Er schien beglückt.

Am nächsten Morgen, ehe ich erwachte, war er fort. Er hatte mir einen Stein hinterlassen, einen sehr schönen weißen Stein, vollkommen glatt und abgerundet, der nicht beschriftet war.

Nach dem Erwachen des alten Weisen versorgten ihn die Wachhabenden mit großer Achtsamkeit und Ehrfurcht. Mit einem leichten Lächeln, das fast immer sein Gesicht umspielte, ließ er es dankend geschehen. Arses ergriff meine Hand und wir gingen zu ihm. Er erzählte ihm unsere Geschichte, warum er den Großen Löwen töten müsse, aber nicht dazu bereit sei. Der Greis hörte ihm schweigend zu. Zuweilen hob er fragend langsam seine Augenbrauen. Arses nahm seinen Bericht wieder auf und fügte Einzelheiten und Erklärungen hinzu. Mir schien, als ob der Greis ab und zu in Schlaf versinke und nicht zuhörte, doch ließ sich Arses nicht davon beeindrucken und erzählte seine Geschichte zu Ende. Es folgte ein langes Schweigen. Der

Greis schaukelte hin und her auf dem Rücken des Büffels, der sich wieder auf den Weg gemacht hatte, und schlief bald wieder ein. Mit einem Mal vernahmen wir Laute einer fremden Sprache, ihre getragenen Rhythmen, einem Gesang ähnlich, sprachen nicht zu unserem Verstand, sondern drangen in unseren Körper ein.

Der schwarze Büffel war stehen geblieben und käute. Ich kniete mich ins Gras und Arses ebenso. Wir spürten, dass der Greis nicht mit uns sprechen wollte, sondern uns zu Abgründen, Höhen, Unermesslichkeiten führte, die uns bis dahin verborgen geblieben waren. Nun machte er sie uns zugänglich. Plötzlich wandte er sich an Arses und sprach: „Die Stunde naht wohl, doch wenn der Büffel uns in zwei Monaten noch nicht zum verborgenen Ort geführt hat, dann solltet ihr heimkehren".

Er schloss die Augen und schlief ein. Zwischen Arses und mir bedurfte es keines Gespräches und keiner Entscheidung. Es war klar, dass wir dem Greis zu folgen und auf das Ereignis zu warten hatten. Als mein Vater uns verließ, gab er uns zu verstehen, dass er einer Unternehmung vertraue, die mir hingegen dem Zufall überlassen schien.

Die Tage vergingen und das Leben verlangsamte sich zunehmend. Nicht mehr das Getrappel von Kambyses' Pferden, die Treibjagd seiner Meute oder der Flug seiner Falken bestimmten den Tagesablauf, sondern der schleppende, unsichere Trott des schwarzen Büffels. Den Sinn seines Umherziehens durchschaute ich nicht, vieles entzog sich allmählich meinem Verstand, doch litt ich nicht mehr darunter. Wir lernten mehrere Stämme kennen, deren Kleidung, Sprache und Bräuche unterschiedlich waren, jedoch überall brachten sie dem Greis die gleiche Ehrerbietung und Zuneigung entgegen.

Mit der Zeit war Arses zum ersten Weggefährten, ja zum unentbehrlichen Diener des Greises geworden. Ich fühlte, wie er ihm mit Herzen, Gedanken und seiner ganzen Aufmerksamkeit, immer näher kam, ohne sich jedoch von mir zu entfernen. Eifersucht empfand ich kaum, ich hätte ihm nacheifern wollen, doch etwas hinderte mich daran.

Der erste Monat war verstrichen, wir hatten viel Weg zurückgelegt, doch das Jagdrevier des Großen Löwen war noch nicht in Sicht. Mit dem Neumond änderte sich die Richtung der Reise, denn der Büffel zog auf einmal gen Osten.

Wenn er uns weiter in diese Richtung führte, würden wir bald in das Gebiet der Raubkatze gelangen. Erneut füllte sich mein Herz mit Hoffnung und Furcht. Doch machte der Büffel, zu meiner großen Enttäuschung, auf einen Hügel Halt, wo ihm das Gras gefiel.

Untätig verweilten wir dort mehrere Tage im Getöse und Getümmel einer Stammesfeier. Von überall strömten Pilger herbei, um den Ältesten der Alten, den Urahn oder, wie sie ihn auch nannten, das Kind der Kinder zu sehen, denn das Gerücht ging um, sein Tod stünde nahe bevor.

In der Tat wechselten bei ihm Lächeln und Schlaf in zunehmend kürzerer Folge. Sollte dies den schwarzen Büffel immer häufiger aufhalten, der nach Arses ein Teil seiner selbst geworden war?

In dieser Nacht träumte ich von Löwen und von einem Kampf, in dem Arses dem Sieg nahe war. Da erhob sich eine gewaltige Welle im Meer. Donnernd rollte sie auf uns zu. Sie war sehr hoch, sehr blau und glitzerte rot unter den Sonnenstrahlen. Ich hatte mich am Strand niedergelassen, um Arses' Sieg besser verfolgen zu können, ich wollte mich erheben, fliehen, denn es war offensichtlich, dass die Welle, die auf uns zukam, alles unter sich begraben würde. Etwas in mir hat gedacht: Keine unnötige Bewegung. Bleibe, wo du bist. Arses hatte wohl das gleiche Empfinden, denn auch er rührte sich auch nicht vom Fleck. Die Schönheit der Welle erfüllte mich plötzlich mit unbändiger Freude. Unter der Farbe der Morgendämmerung war sie mitten im Meer erstarrt. Wie angehalten schwebte sie über uns, mit ihren schrecklichen Schaumkronen. Sie glänzte, erhellte und erwärmte uns, ohne an Bedrohlichkeit zu verlieren. Ich empfand ein großes Glücksgefühl, zu sein, da zu sein und erwachte.

Ich eilte zu Arses, wollte ihm sagen, was ich soeben erblickt hatte, ihn fragen, ob es nicht an mir läge, an meinem Hoffen und Bangen, dass der Büffel nicht weiterziehe. Doch er hörte nicht auf mich, sondern führte mich zu dem Greis, mit dem er mich allein ließ.

Diesem erzählte ich meinen Traum, ohne dass ich sicher sein konnte, dass er mir zuhörte. Das war vielleicht auch nicht erforderlich, denn er lächelte mich ein wenig unbestimmt und gelassen an, als sehe er mich zum ersten Mal. Ich war glücklich, geradezu von Glück erfüllt, so dass ich ihn zu bitten wagte: „Du erwähnst gelegentlich den Tao, darunter kann ich mir nichts nichts vorstellen. Zeige ihn mir, ich suche seine Erleuchtung". Er schloss die Augen, er hatte mich wohl nicht gehört.

Arses erklärte mir später, dass dann eine lange Zeit verstrich, die mir nur wie ein kurzer Augenblick des Glücks erschien. Mit geschlossenen Augen ergriff der Greis meine Hand, öffnete sie, die Handfläche zum Himmel gekehrt und als er wahrnahm, dass sie ganz hingegeben und entspannt war, nannte er sie den Tao.

In den darauffolgenden Tagen zogen wir nach den Phasen des zunehmenden Mondes durch das Land mehrerer Stämme. Fast zielstrebig bewegte sich der schwarze Büffel nun geradeaus gen Osten.

Häufig war ich allein, da Arses das Greisenkind nicht aus den Augen verlor, denn es wurde immer kraftloser und drohte von seinem Reittier zu fallen. Da erst verstand ich, dass mein unbändiges Herz nichts mehr begehrte.

Eines Morgens weckte mich Arses bei Tagesanbruch. Das Kind hatte ihm aufgetragen: „Du brauchst nun eine sehr gute Lanze, einen Bogen und drei Pfeile. Schicke Diotima nach ihnen".

So näherte sich also der Augenblick der Entscheidung, dennoch verspürte ich keine Angst, als ich mein Pferd zu unserem Anwesen trieb. Zu Hause schienen alle auf mich gewartet zu haben. Meine Mutter meinte: „Noch nie habe ich dich so ruhig gesehen". Mein Vater führte mich zu Kambyses, der mir selbst die Waffen aushändigen wollte.

Er zeigte mir eine sehr schöne, schwere Lanze mit einer gefährlichen Spitze. „Im Traum habe ich sie für dich ausgesucht, es ist meine Lieblingslanze, und ich sah sie von meinen in Arses' Hände übergehen". Er war überzeugt, dass Arses kampfentschlossen den Großen Löwen besiegen würde und fügte hinzu: „ Der Clan wird wieder vereint, und Arses wird dich zur Frau nehmen. Das ist gut so, denn ich bin nun alt. Dank deiner Gegenwart war mir dieser Gedanke nie gekommen. Erst seit deinem Weggang weiß ich es". Er überreichte mir die Lanze mit rituellen Gesten, als der Beschwörer der Löwen. Außerdem erhielt ich einen prächtigen Bogen und drei Pfeile.

Nach einem langen Ritt kehrte ich an den Ort zurück, an dem ich Arses und das Kind verlassen hatte. Ihre Spuren verliefen nun in gerader Linie ohne die endlosen Umwege und Schleifen, die der schwarze Büffel uns im Vormonat vorgegeben hatte.

Ein großes Verlangen erfüllte mich, Arses, und mehr noch das Greisenkind, wiederzusehen, dessen Anblick, Gegenwart und ruhiger Schlummer mir Frieden gewährte. Pilger sagten mir: „Der, der bei uns weilte, wird bald scheiden".

Nachdem ich einen ganzen Tag und einen Teil der Nacht unterwegs gewesen war, erreichte ich sie endlich. Das war nicht mehr das ziellose Umherziehen des ersten Monats, denn der Büffel blieb nicht mehr stehen, er graste und käute im Schritt. Der Greis schien sehr verändert, sein Leben hing nur noch an einem seidenen Faden. Als ich mich ihm näherte, lächelte er mich an und flüsterte: „Die Stunde naht, du wirst mich tragen müssen".

Gegen Abend verließen wir das Hügelland und gelangten zu den Waldgrenzen, vor denen sich eine karge Grassteppe ausbreitete. Hier erkannte ich das Territorium des Großen Löwen wieder und die Nacht über erschien er mir in meinen Träumen. Arses entsandte zwei Jäger als Späher. Sie sahen, wie er auf der Lauer lag und tötete, er war der König, der Herr der Löwen. An den Blicken, die sie Arses zuwarfen, erkannte ich, dass sie an einem glücklichen Ausgang des Zweikampfes zweifelten.

Der Befehl des Kindes lautete, sich bis Sonnenuntergang nicht vom Fleck zu rühren. Als die Dämmerung hereinbrach, erwachte es aus einem langen Schlaf. Es erteilte kurze und genaue Anweisungen, die uns daran erinnerten, dass es einst, vor sehr langer Zeit, in seinem Land ein mächtiger Mann, vielleicht sogar ein Kriegsführer gewesen sein musste: „Ihr geht mit mir vorwärts, links Diotima, rechts vom Büffel Arses. Beim Anblick des Großen Löwen wird Diotima mich auf die Arme nehmen und ich werde ihr sagen, was zu tun ist. Arses wird uns folgen, bis ich ihm bedeuten werde, wo er stehen bleiben soll. In Richtung des Löwen wird er seine Lanze in die Erde stoßen, immer darauf bedacht, ihm von vorne zu begegnen. Damit die Auflagen des Clans erfüllt werden, muss dich der Löwe zeichnen, das wird er tun, doch wirst du nicht sterben, wenn du deine Lanze nicht loslässt". „Ich fürchte mich nicht", antwortete Arses, „denn ich vertraue dir Diotima an".

Lange schritten wir auf dem sandigen Gelände zwischen hohen Gräsern aus. Wir konnten kaum weiter als einige Meter vor uns überblicken. Der Boden war sehr heiß und die brennende Luft drang schmerzhaft in meine Lunge. Ich spürte die Nähe des Raubtieres, aber es blieb uns noch verborgen. Irgendwo erahnte ich auch Kambyses' und Kyros' Anwesenheit, die auf das große Ereignis warteten. Überrascht bemerkte ich, dass das Greisenkind, das vorher so klar zu uns gesprochen hatte, friedlich auf dem Rücken des schwarzen Büffels eingeschlafen war, der stetigen unbeirrten Schrittes zu einem uns unbekannten Ort unterwegs war.

In der rechten Hand hielt Arses Kambyses' Lanze und die Pfeile seines Bogens klirrten im Köcher. Im Glanz des Vollmondes blinkte die Spitze seiner Lanze und hingerissen sah ich ihn in voller Kampfbereitschaft, kühn und furchtlos in dieser Stunde.

Als wir die Savanne verließen, gelangten wir zu einer großen unwirtlichen Sandfläche mit einzelnen Felsbrocken. Zwischen ihnen erschien der Große Löwe imposant und gebieterisch. Mit seinen Pranken wühlte er den Boden auf, schaute dabei brüllend in unsere Richtung, als bewache er die Pforte zur Einöde. Noch rührte er sich nicht vom Fleck, aber er setzte schon zum Sprung an und instinktiv spannten sich meine Hände um den Schaft der Lanze. Unbeeindruckt von dem lauter werdenden Gebrüll des Raubtieres zog der Büffel weiter auf ihn zu. Da erwachte das Kind und sagte zu Arses: „Wir sind am Ziel!"

Arses hielt an, legte Bogen und Köcher hinter sich nieder und rammte seine Lanze in den Boden. Der Greis bedeutete mir, ihn auf den Arm zu nehmen, er war so leicht, ich konnte ihn an meiner Brust halten. Er berührte die Stirn des Büffels, segnete ihn und sagte: „Du hast deine Last getragen, zieh jetzt nach Hause!" Der schwarze Büffel setzte sich in Richtung Osten in Bewegung. Mir befahl er: „Geh auf den Löwen zu". Ich machte einige Schritte, drückte das Kind fest an mich, wie beschützt durch seine Gegenwart, denn ich fühlte mich zunehmend bedrängt, erschüttert von dem immer bedrohlicher werdenden Brüllen, das mir durch Mark und Bein ging, während mein Geist in tiefer Gelassenheit verharrte.

Das Raubtier ging zum Angriff über, doch als es zum Sprung ansetzte, sprach der Greis zu ihm. Mit unerschütterlicher Sanftmut erklang diese Stimme, ließ ihn innehalten. Er verwandte kein menschliches Idiom, dennoch konnte ich ahnen, was er sagte. Der Löwe hielt sich uns gegenüber, riesig, mit weit aufgerissenem Maul. Seine furchterregende Erscheinung fesselte meinen Blick und beherrschte alles, was in mir lebendig geblieben war.

Aus der Kehle des Kindes erklangen immer zärtlichere Töne; es schmiegte sich an meine Brust, wie auch ich mich durch es beschützt fühlte. Die Raubkatze schien besänftigt. Der Greis sprach weiter auf sie ein in der gemeinsamen Sprache ihrer beider Körper, ganz Nerven und Muskel des männlichen Löwen. Auch mein zitternder Körper und pochendes Herz beruhigten sich und konnten sich meinem Geist verbinden, der schon an einem fernen Ort Frieden erfuhr. Das Kind war überwältigt von der Schönheit, dem dunklen Glanz und dem majestätischen Brüllen des Löwen. Es gab mir zu verstehen, dass ich helfen sollte, sich vor dem großen Ahnen aufzurichten.

So erschien er mir größer als ich gedacht hatte. Die ihm vertraute Löwensprache drang bis in die kleinste Ader und das Herz seines Gegenübers. Mit zarter Stimme erklärte er ihm, dass seine majestätische Schönheit und seine Größe nicht im Abgrund des Alters untergehen würden. „Unsere Stunde ist gekommen, nun bin ich am Ende meines Weges, du hast den Höhepunkt deiner Herrschaft erreicht".

Sie umarmten sich, die Arme des Greisenkindes und die meinen umschlangen den Hals und die Mähne des Ahnen und unsere Wangen ruhten an seinen furchterregenden Lefzen, während seine kräftigen Pranken sich an unsere zerbrechlichen Körper schmiegten.

Ich weinte. Es schien, als weinten der Greis und der Löwe mit mir, während ich mich in das unergründliche Zwiegespräch und die innige Vereinigung ihrer beider Körper verlor.

Ich hörte das Kind zur Raubkatze sagen: „Geh nun!"
Arses' Stunde war gekommen. Arses, den ich liebte, den ich
einen Augenblick vergessen hatte, um Auge in Auge
teilzuhaben an der Versöhnung des größten Menschen, den
ich je kannte, mit seinem älteren Tierbruder.

Arses erhob die Lanze und ließ die Wildkatze nicht aus den
Augen. Der Löwe hatte die Stimme des Kindes
angenommen, doch sein Instinkt beherrschte ihn noch
immer. Er versuchte, sich zu drehen, um Arses zu
überraschen. Dieser führte mit großer Genauigkeit die
Gebärden aus, die Kambyses ihm beigebracht hatte. Es
gelang ihm jedes Mal, ihn von vorne anzugreifen und zu
verletzen. Die Wut erfasste den Löwen, er setzte zum
Sprung an. Die Lanze, fest in Arses' Hand, durchbohrte
ihn. Arses wurde dabei nur verletzt. Der Löwe, tödlich
getroffen, fiel zu Boden.

Ich wusste, dass ich das Greisenkind zum großen
sterbenden Löwen tragen musste. Ich bettete es zwischen
seine Pranken. Es schloss den Löwen in seine Arme und
ließ seinen Kopf auf seiner Flanke ruhen: „Hier wird unser
Grab sein, und auch die Stätte unserer Freundschaft. Kein
Stein, keine Spur". Gemeinsam verstarben sie. Ich kniete
vor ihnen nieder, Arses an meiner Seite, verletzt und doch
in vollem Besitz seiner Kräfte.

Er hatte gesiegt und ich war befreit. Ich war erlöst und
weinte. Ich konnte nicht anders. Ich hatte den verloren, der
mein Kind hatte werden wollen.

Vielleicht weinte auch Arses, doch wagte ich nicht, ihn anzuschauen. Von seinem blutbefleckten Leib ging ein Leuchten aus, das mich überwältigte und blendete.

Kambyses und Kyros kamen hinzu. Auf seine erhabene Art verneigte sich Kambyses vor den beiden Leichnamen, wandte sich Arses zu, dem er Treue schwor.

In seiner gewohnten Bescheidenheit nahm Arses seinen und Kyros' Schwur an. So erlangte der Clan seine verlorene Einheit wieder.

Sie errichteten einen Scheiterhaufen. Nachdem das Feuer die Körper verzehrt hatte, verlangte Kambyses seine Falken und bat mich, sie freizulassen: „Bald wirst du weggehen, und ohne dich werde ich nicht mehr jagen". Er war nicht traurig, schaute mich lächelnd an, als die Vögel wegflogen. Am nächsten Tag brachen wir auf. Es war ein klarer und strahlend blauer Tag. Kambyses war glücklich, er dachte so wie ich an seine freigelassenen Falken und an unsere vergangenen Zeiten. Er ritt auf einem jungen, prächtigen Hengst. Er setzte zum Galopp an, auf einem ihm unbekannten Pfad. Ein frischgefällter Baum versperrte ihm den Weg. Kambyses war überrascht, doch war er nie einem Hindernis ausgewichen. Das Pferd stolperte über einen Ast, stürzte und fiel auf ihn. Als es uns gelang, Kambyses zu befreien, sahen wir, dass er tödlich verletzt war. Mit einem Lächeln zu mir gewandt, versank er im Todeskampf. Auf seinem Antlitz breitete sich tiefer Frieden aus, sein Geist stieg sehr hoch zu den Falken auf und er starb als Herrscher in meinen Armen.

Bei aufgehender Sonne vergruben wir seine Asche nahe der des Kindes und des Ahnen. Nichts bezeichnet die Stelle, wo sie ruhen. Diese Stätte zwischen Fels und heißem Sand ist und bleibt heilig. Wenn Löwen und Menschen sich dort begegnen, greift keiner an und keiner flieht.

OKOU DAGOU

AMPUTATIONEN ODER
GESCHICHTE EINER TRENNUNG

*In Erinnerung an meinen Bruder Alain Kouba Dagou, möge
Mutter Erde ihn in ihren Schoß nehmen.*

Der Roman *Œdipe sur la route* (deutsch: *Ödipus unterwegs, 1995*) und die bald darauf veröffentlichte Novelle *Diotime et les lions* (deutsch: *Diotima und die Löwen*) stehen in enger Verbindung.

Wir lesen in *Œdipe sur la route:* Als Antigone eines Abends nach einem langen Fußmarsch sehr erschöpft war, schickte Ödipus sie zusammen mit ihrem Gefährten Klios zu einem nahe gelegenen Haus, damit sie sich ausruhte. Vor der Tür stand eine grauhaarige Frau, die sie lächelnd erwartete. Als Antigone vor ihr stand, sagte sie: „Ich erwarte dich. Ich bin Diotima"[1].

Im Verlauf ihrer Wanderschaft von Theben nach Kolonos finden Ödipus, Antigone und Klios, der Dieb, Zuflucht bei Diotima. In den Wechselfällen ihrer Reise und vor allem über die Winterzeit wird für die von allen geächteten Bettler das Haus der Heilerin Diotima zum sicheren Hafen, in dem sie an Leib und Seele genesen und Schritt für Schritt in die menschliche Gesellschaft zurückkehren. Diotima lehrt sie das Dichten, führt sie zum Schnitzen, Modellieren und Bildhauern[2].

Die von Bauchau geschaffene Figur[3] wurde nach und nach zu einer der Hauptfiguren des Romans *Œdipe sur la route*.

---

[1] Bauchau, Henry: *Ödipus unterwegs*. Bielefeld: Cordula Haux, 1995, S. 54.
[2] Ebd., S. 105 ff., vgl. auch Kapitel V: „Die Welle".
[3] Zur Wahl des Vornamen Diotima verweist Bauchau selbst auf Platons *Gastmahl* und Hölderlin (vgl. Bauchau, Henry: *Jour après jour. Journal 1983 – 1985*. Bruxelles: Les Éperonniers, 1992, S.255.

Neben Antigone bestimmt sie maßgeblich die Entwicklung des gestürzten, geblendeten Tyrannen zum Seher.

Diotime et les lions erzählt die Jugend Diotimas und erscheint gesondert 1991. Auf Verlangen des Verlegers war dieses Kapitel aus dem ursprünglichen Manuskript von *Œdipe sur la route* herausgenommen worden. Vierzehn Jahre nach der Erstausgabe von *Diotime et les lions* dürfen wir uns fragen, ob sich hinter dieser Amputation durch den Verleger, die mit dem rationalen Argument des Umfangs begründet wurde, nicht der Wunsch verbarg, einen erzählerischen Einschub herauszuschneiden, der im kulturellen Kontext der klassischen griechischen Tragödie, ihrer Harmonie und ihres Ebenmaßes, wie ein barbarischer Fremdkörper wirken musste.

Diotime et les lions lässt uns bewusst werden, wie sehr unsere Vorstellungen von der klassischen und hellenischen Welt noch von Winckelmanns Ästhetik durchdrungen sind, denn Diotimas Bericht über ihre Jugend siedelt an den Antipoden des Maßes und der Harmonie. Er präfiguriert das Eintauchen in eine vorzeitliche Dimension, ursprüngliche Quelle und fernen Ursprung unserer westlichen Zivilisationen.

Schicht um Schicht legt der Dichter von *Géologie* in dieser Jugenderinnerung wie ein Archäologe Diotimas Persönlichkeit frei.

INHALTSANGABE

Die heranwachsende Diotima begeistert sich für ihren Großvater Kambyses, der ihre Familie häufig aufsucht und im Galopp ankommt,

> (…) seinen Falken auf dem Arm, von bewaffneten Dienern begleitet. (…) er (…) erfasst die Lage mit dem raschen Blick des Hausherrn und reitet wieder davon, eine Staubwolke im lauten Getrappel der Pferde. Mein Vater Kyros, den ich so sehr bewunderte, hatte eine Flotte befehligt und manche Schlacht im Indischen Ozean gewonnen. Er schien zuweilen betreten, geradezu eingeschüchtert in Kambyses' Gegenwart. Alle fürchteten Kambyses, allein ich, wohl aufgrund der Ähnlichkeit mit seiner Mutter, empfand nie Furcht[4].

Schon als kleines Mädchen war sie von ihrem Großvater geblendet, wenn er auf seinem schaumbedeckten Pferd, hoch im Sattel[5] auftauchte. Sie lief auf ihn zu und bat ihn, sie mitzunehmen. Ihr Vertrauen rührte und amüsierte diesen harten Mann.

Er hob sie auf den Sattel und brach mit ihr, umgeben von seiner Garde, zur Jagd auf.

Mütterlicherseits stammte Kambyses aus einem persischen Geschlecht, dessen Urahnen Löwen waren. Er führte seine Enkelin in die Kunst des Reitens und der Jagd ein. Daraus erwächst Diotimas Leidenschaft für Pferde, Jagd und

---

4   Bauchau, Henry: *Diotima und die Löwen*. Aachen: Shaker Verlag, 2006, S. 14.
5   Ebd., a.a.O.

Löwen. Es ist zugleich der Beginn ihrer Liebe zu Kambyses.

Diotimas Kindheit und frühe Jugend verläuft in doppelten Bahnen: Nach dem Vorbild ihrer Mutter führt sie ein zurückgezogenes, nach innen gewandtes und harmonisches Leben (Tanz, Dichtung, Musik und häusliche Arbeiten). Parallel dazu treibt sie Sport, reitet durch die Savanne, durch Wald und Wüsten, hält sich bei wilden Bergvölkern auf: Dadurch erhält sie eine männliche Ausbildung.

So wird sie zu einer Figur, die sich zu zwei Leitbildern hingezogen fühlt: dem ihres Großvaters Kambyses mit seiner Leidenschaft für Jagd und Falknerei und dem ihrer Mutter, deren liebevolle, zurückgezogene und beharrliche Hingabe sie auf die Mutterrolle vorbereitet. Eines Tages wird sie zwischen dem männlichen, ungezügelten, persischen Part, der sich in die Ahnenreihe der Löwen einschreibt, und der weiblichen, weisen und griechischen Rolle in der Nachfolge ihrer Mutter und älteren Schwester wählen müssen. Diese Wahl bedeutet Zerrissenheit. Auf der einen Seite das Handeln in der äußeren Welt, wilde Ritte und blutiges Erlegen der Tiere im Kampf. Auf der anderen Seite Sanftmut, Musik, Tanz, heilende und liebkosende Hände[6].

Alljährlich stellten sich die Mitglieder des persischen Clans in einem rituellen Krieg dem König der Tiere. Als Enkelin des Kambyses und Tochter des Kyros fiebert sie dem

---

6 Vgl. ebd., S. 33 f.

Kampf gegen ihren Urahnen, den Großen Löwen entgegen[7]. Dieses Verlangen nach dem blutigen Messen der Kräfte war reiner Trieb, weder vom Verstand gelenkt noch vom Herzen gefordert[8].

Kambyses' Autorität erlaubt, dass Diotimas ungestümes Verlangen gestillt wird: Als erste Frau ihres Stammes nimmt sie an der rituellen Löwenjagd teil. Mit Kambyses' Zustimmung[9] bricht sie das althergebrachte Gesetz, welches die Frauen von diesem Fest ausschließt. Im rauschhaften Kampf gegen die Löwen und in der besonderen Bindung an ihren Großvater muss sich Diotima einem mächtigen Tabu stellen. In der Erfahrung der heiligen Jagdriten begegnet Diotima dem Geheimnis, ihre eigenen geschlechtlichen Grenzen und damit ihre weibliche Vernunft hinter sich zu lassen. Zur Zeit des Löwenkrieges ist sie gerade vierzehnjährig.

> Da verspürte ich in mir das fieberhafte Verlangen, meinen ersten Löwen zu erlegen (...) Ich warf mein Pferd mit solcher Wucht nach vorn, dass es erschrak (...). Noch heute verspüre ich, welche Lust und welcher Schauder mich erfüllten, als meine Waffe in seinen Leib drang. Der Aufprall war so heftig, dass meine Lanze brach. Ein Ausweichmanöver meines Pferdes brachte mich zu Fall. Im Sturz sah ich, wie die Raubkatze zum Sprung ansetzte, aber mitten in der Bewegung wie gefällt zu Boden stürzte. (...) ich (...) wollte mich, benommen vom Sturz, wieder in den Sattel zurückschwingen, als neben mir die Löwin auftauchte. (...) dabei streifte sie mich mit einem

---

7 Vgl. ebd., S. 17.
8 Vgl. ebd., a.a.O.
9 Kambyses zu Kyros:"Aus deiner Tochter wird eine gute Reiterin. Reiten und Jagen will ich selbst sie lehren". [ebd., S. 15].

Prankenhieb, der mich nur leicht verletzte. Ich (...) versuchte, den Stumpf der Lanze in das Maul der Löwin zu stoßen, als sie mich ansprang. Doch sie brach jäh zusammen (...). Kyros und Kambyses hatten das wilde Tier mit ihren Lanzen durchbohrt und Akum (...) hatte ihr mit seinem Säbel den Gnadenstoß versetzt. (...) Um mich den Tatzenschlägen und Zuckungen der sterbenden Löwin zu entziehen, ergriff er mich (...). Es galt als Frevel, eine Löwin während des rituellen Löwenkrieges zu töten, schlimmer noch, sie mit einem Säbel niederzustechen, wie Akum es getan hatte (...). Akums Tod wäre eigentlich besiegelt gewesen, hätte er mich nicht vor großer Gefahr bewahrt (...). Zwar hatte ihn der Ältestenrat begnadigt, jedoch von der Feier ausgeschlossen. (...) Bei Tagesanbruch (...) bemerkte ich Akum, (...) der mich beobachtete. Er gehörte heute nicht hierher, ich lief auf ihn zu und stach auf ihn ein. Er wich mir aus und das, was ich auf seinem Gesicht wahrnahm, wurde mir unerträglich. Ich ließ das Messer fallen, sprang ihn wie eine Löwin an und biss ihn tief in den Hals. (...) Während Akum sich vom Boden erhob, stammelte er: „Du hast von meinem Blut getrunken."[10].

Diotimas erster Kampf gegen die Löwen ist grausam und brutal. Wie es der Ritus verlangt, trifft sie ohne Hilfe einen gewaltigen Löwen mitten ins Herz. Aus den Fängen einer Raubkatze befreit, kehrt sie ihre Angriffslust gegen ihren Retter, beißt ihn in den Hals, weil sein leidenschaftlich verliebter Blick ihr missfällt.

„Ich war die einzige Löwin unter diesen männlichen Lö-wen: Ihre Begierde, ihre Männlichkeit bedrängte mich."[11].

---

[10] Ebd., S. 22 f. und S. 25 f. und S. 27.
[11] Vgl. ebd., S. 26.

Ihr Blut vermischt sich mit dem des Löwen, sie tritt wie betört in einen langsamen Tanz ein und singt in Trance ein dunkles Lied aus den Ursprüngen[12].

Kurz nach dieser Initiation erwacht Diotimas Liebe zu Arses unter seinen bewundernden Blicken. Zuvor war sie überzeugt, dass er ihre Schwester liebte. Arses, den Kambyses verächtlich einen „Griechen aus Griechenland"[13] nennt, ist Führer eines mit ihnen verwandten Stammes. „Ich (...) sprang mit einem Satz zu Boden und gebot meinem Pferd durch einen Zuruf Einhalt (...). Voller Bewunderung schaute er mich an, was mich überraschte..."[14] Die enge Bindung Diotimas an ihren Großvater steht jedoch der aufkeimenden Liebe zu Arses im Wege. Von Kambyses wird ein großes Opfer verlangt, ein Opfer seiner selbst, das Opfer seines Lebens: „Du willst mich alleine sterben lassen. Du weißt genau, dass du mein Ein und Alles bist."[15] Erst nach einem wilden Kampf entreißt Diotima ihm die Zustimmung.

So bildet sich zwischen den Protagonisten eine Kette liebender Einwilligung, symbolisiert im „Ja" der Mutter, dem des Vaters, Diotimas „Ja" zu Arses, Arses „Ja" zum Kampf um Diotima, und schließlich Kambyses' „Ja" zu Trennung und Tod. Diotimas Beharrlichkeit siegt am Ende

---

[12] Vgl. ebd., S. 24.
[13] Ebd., S. 32
[14] Ebd., a.a.O.
[15] Ebd., S. 37.

über die unbeugsame Ablehnung ihres Großvaters, der schließlich ihre Liebe zu Arses akzeptiert, freilich unter der Bedingung, dass dieser die Regeln des Clans achtet und in den kleinen Kreis der Stammesführer tritt, um selbst Führer beider Stämme zu werden.

Vor der Heirat muss Arses selbst am Ritus der Jagd teilnehmen und den Großen Löwen erlegen, der das animalische Abbild des Großvaters ist.[16].

Als echtem „Griechen aus Griechenland" sind Arses diese Bräuche zuwider und er verweigert sich der Tötung der Großen Raubkatze.

Die Ehe kann also nicht geschlossen werden. Diotimas Mutter rät ihrer Tochter und Arses, sich an einen alten Weisen zu wenden, um Hilfe zu erbitten. Der Greis, den alle Bergstämme verehren, irrt auf dem Rücken eines Büffels von Stamm zu Stamm und bringt Frieden durch seine Gegenwart dort, wohin ihn sein Gefährte, der Büffel, führt: „Geh zu ihm (...) er ist sehr alt, das ist ein Zeichen von Weisheit. Er geht dorthin, wo sein Büffel ihn hinführt, und das ist gut so"[17].

Die Präsenz des Greises, der auch „Ältester der Alten, Urahn, Kind der Kinder[18], Greisenkind[19], Greis[20], Kind[21]

---

16 Vgl. ebd., S. 43.
17 Ebd., S. 46.
18 Vgl. ebd., S. 50.
19 Vgl. ebd., S. 52.
20 Vgl. ebd., S. 53.
21 Vgl. ebd., S. 52, 54.

genannt wird, verwandelt das Arses auferlegte Ritual in ein Opfer, in dem sein eigener Tod dem Löwen das Sterben gewährt. Der Tod des Totemtiers führt unausweichlich zu Kambyses' Ableben. Dieses Verlöschen hinterlässt bei Diotima das Gefühl von Frieden und Eintracht:

> Als es uns gelang, Kambyses zu befreien, sahen wir, dass er tötlich verletzt war. Mit einem Lächeln zu mir gewandt, versank er im Todeskampf. Auf seinem Antlitz breitete sich tiefer Frieden aus, sein Geist stieg sehr hoch zu den Falken auf, und er starb als Herrscher in meinen Armen[22].

> Bei aufgehender Sonne vergruben wir seine Asche nahe des Kindes und des Ahnen. Nichts bezeichnet die Stelle, wo sie ruhen. Diese Stätte zwischen Fels und heißem Sand ist und bleibt heilig. Wenn Löwen und Menschen sich dort begegnen, greift keiner an und keiner flieht[23].

So endet Bauchaus Erzählung von der Bindung zwischen Tier und Mensch.

Das Labyrinth der Leidenschaften: Diotima zwischen zwei Welten

Ihr Durchsetzungsvermögen bringt Diotima in Konflikt zu ihrer Mutter, die es lieber sähe, wenn ihre Tochter sich den häuslichen Arbeiten widmete, wie es die griechischen Sitten vorsehen:

> Der übermächtige Drang, am Krieg gegen die Löwen teilzunehmen, verletzte in ihr die griechische Sehnsucht, die Welt nach menschlichem Maß zu

---

[22] Ebd., S. 59.
[23] Ebd., a.a.O.

ordnen. Auch bei ihrer eigenen Tochter musste sie dieses Erbe gänzlich verwerfen, (...) das den in ihren Augen animalischen Blutsanteil mit der Liebe zu Göttern und Menschen gleichstellte[24].

In ihrer Beharrlichkeit, die bisweilen an Wahn grenzt, überschreitet Diotima die bis dahin gültigen Grenzen zwischen der männlichen Welt der „Jagd" und der weiblichen des „Tanzes", des „Gesangs" und des „häuslichen Lebens".

Von Diotimas Gestalt geht die Kraft zum Bruch mit der Tradition aus. Ihr Großvater wählt sie, um mit ihr Neues zu begründen: Die bis dahin den Männern vorbehaltene Löwenjagd öffnet sich der beeindruckenden Persönlichkeit dieser Jungfrau, der ersten Frau, die am „Heiligen Krieg"[25] teilnimmt, der ersten „Löwin" unter diesen männlichen Löwen: „Ihre Begierde, ihre Männlichkeit bedrängten mich von allen Seiten"[26].

Die strenge Scheidung der nach Geschlechtern getrennten Welten, in denen die Männer zuständig waren für die Weitergabe der kultischen Bräuche wie der Löwenjagd und die Frauen für die Bewahrung der inneren Häuslichkeit, verschwimmt zunehmend. Die Grenzen von männlicher Außen- und weiblicher Innenwelt stürzen ineinander.

Das tiefe Bedürfnis, männliche und weibliche Instinkte zu vereinen, verleiht Diotimas Persönlichkeit etwas

---

[24] Ebd., S. 18.
[25] Ebd., S. 26.
[26] Ebd., a.a.O.

Androgynes. Zu diesem seelischen Zustand tritt die geistige und körperliche Verwirrung eines heranwachsenden jungen Mädchens.

Desorientiertheit und Zwiespältigkeit, zwei unterschiedliche Welten zusammenbringen zu wollen, denen sie gleichermaßen angehört: Einerseits die persische „Barbarei" und Männlichkeit, wie sie von ihrem Großvater Kambyses verkörpert wird, und andererseits die griechische „Kultur", wie sie sich im respektvollen Umgang mit Mensch und Natur, in der Verehrung des Göttlichen und Menschlichen, in der Weiblichkeit ihrer Mutter zeigt.

Diotima wandelt auf der Grenze dieser beiden Welten: Sie befindet sich im „Garten" ihrer Mutter und in der „Wildnis" ihres Großvaters zugleich. Ihr Vater hingegen bewegt sich auf der Trennlinie der beiden Hälften: Der Herkunft nach Perser und Kambyses' Sohn, hat Kyros dank seiner zahlreichen Reisen nach Griechenland die griechische Kultur assimiliert. Die Mutter Diotimas ist Griechin.

Zweifach öffnet Kyros seiner Tochter den Weg und hilft ihr, von einer Welt in die andere zu gelangen. Stets an ihrer Seite erläutert er seiner Tochter den Willen der Götter und ermutigt sie gleichermaßen zu Tat und Reflexion.

Dem Ansturm der eigenen Triebhaftigkeit, der gewalttätigen Grausamkeit des Kriegsrituals fast erlegen, begegnet uns in Diotima eine Figur auf der Suche nach sich selbst, die verstehen will und durch einen existenziellen affektiven Schock langsam zur Klarsicht zurück findet:

> Ich flehte ihn an, mir zu sagen, wie er, der den unendlichen Gott der weisen und der heiligen indischen Bücher erkannt hatte, jener Löwe hatte werden können, den ich gesehen und mit dem ich getanzt hatte. Wie er diese Löwin hatte ertragen können, die eine ganze Nacht die Begierde der Männer des Clans auf sich gezogen hatte, jenes hemmungslose Weibchen, das ich gewesen war und wohl noch immer bin, das einen Löwen erlegt und einen Mann in die Kehle gebissen hatte. (...) „Die Ägypter", antwortete er, „und die Inder haben in ihrer Vorstellung und in ihrem Herzen erhabene Begriffe erdacht und sie in ihren Kunstwerken gestaltet, die von tiefer Gotteserfahrung, von Göttern und Menschen in ihrer Verbundenheit mit dem Universum zeugen. Unser Weg ist ein anderer; was sie auf ihre Art erstreben, erleben wir in unserem Körper, in Gemeinschaft mit unseren Vorfahren, den Löwen. Wir finden das, wenn wir uns mit ihnen messen, in der Ehrerbietung, die wir ihnen zollen und die uns, nach dem jährlichen Kampf in der Nacht der Versöhnung, mit ihnen und der Welt vereint. Ägypter und Inder sind manchmal imstande, mit Gott zu sprechen, seine Worte zu wiederholen und sie an ihre Nachfahren weiterzugeben. Wir erkennen Gott nur in den Löwen: (...) Zwar können wir nicht von Gott sprechen, doch wir können ihn an den Tagen der rituellen Kampffeier im Tanz erleben und

manchmal auch im Gesang, wie wir es mit dir vermochten"[27].

Von nun an bekommt die Persönlichkeit Diotimas klarere Konturen und feinere Züge; sie nimmt ihre Weiblichkeit zunehmend an. Die Heranwachsende befindet sich nun auf der Schwelle zur Frau. Ihre jungenhafte Gestalt bewegt sich weicher, gelöster, ihre Formen runden sich. Die Anziehung der beiden Extreme lässt nach. Nunmehr treten sich in ihr zwei Welten radikal entgegen: auf der einen Seite Kambyses und Arses auf der anderen. Zwei Neigungen, die sich gegenseitig ausschließen und die nur der gegenseitige Respekt zügelt. Weder Kambyses noch Arses tragen den Kampf aus, sondern Diotima zwischen ihnen. Dieser Widerstreit der Gefühle, dem Diotima standhält, ist nicht mehr das verbissene Einzelgefecht, das körperliche Ringen mit den Löwen. Es geht hier um einen viel schmerzhafteren Konflikt.

Die Begegnung mit dem Weisen:
Besänftigung, innerer Frieden und Verwandlung

Von ihrem Vater und Arses begleitet, begibt sich Diotima auf die Suche nach dem Greisenkind. Im Schritttempo seines schwarzen Büffels hat der ehrwürdige Alte bereits ganz Asien durchquert. Die Männer, Frauen und Kinder, die ihm begegnen, machen die Erfahrung des inneren Gleichgewichts, der Geduld und der Weisheit, alles

---

[27] Ebd., S. 29 f.

Eigenschaften, die der jungen ungestümen Diotima abgehen. In der Aufmerksamkeit auf die Lebens- und Verhaltensweise des Ahnen entdeckt Diotima einen anderen Weg, ihren eigenen.

Der Priester, der die Worte des Greises in den Fels ritzt, gibt Diotima einen blanken Stein, Sinnbild aller Möglichkeiten. Ihre Wegspur ist noch zu ziehen. In Zukunft gilt ihr das Denken und Handeln ihres Großvaters nicht mehr als Vorbild. Diotima und ihr Verlobter Arses versuchen nicht mehr, Hindernisse durch Willen und Kraft aus dem Weg zu räumen. Allmählich löst sich die Widerständigkeit durch das Geschehen selbst und ihre innere Wandlung. Die Hindernisse, die unüberwindbar erschienen, weichen und schaffen dem Leben Platz. Grenzen verschwinden zugunsten einer Welt der Versöhnung, in welcher das Greisenkind, Kambyses und der Große Löwe im Tode vereint sind: „Wenn Löwen und Menschen sich dort begegnen, greift keiner an und keiner flieht"[28].

Die Begegnung mit Arses zunächst, sodann die mit dem Greis, der im Angesicht des Todes zum Kinde wird, verwandelt Diotima. Sie war Artemis, wurde Aphrodite, schließlich wird sie zu Pallas Athene[29]. Im Verlauf dieser Initiationsreise wollte sie über sich hinaus gelangen. Zunächst suchte sie ihre Identität als Löwengöttin zu

---

[28] Ebd., S. 59.
[29] Vgl. ebd., S. 40.

erkämpfen, um es den größten Jägern ihres Clans gleichzutun, dann lernte sie, Liebe anzunehmen, vor Arses' Augen ihre Schönheit zu entfalten und Frau zu werden.

Im Umgang mit dem Greis gewordenen Kind lernt Diotima, ihre Ansprüche und ihren Egoismus zu zügeln. Sie schafft Distanz zu ihrer Ungeduld, zu ihrer Triebhaftigkeit, um Frieden zu finden und die Weisheit des Himmels mit offenen Händen zu empfangen[30].

Die ungestüme, unbändige, impulsive Diotima wird aufnahmefähig, die Heranwachsende wird mütterlich, symbolische Trägerin der Weisheit, Schutzort der erlauben Interpretationen auf unterschied-lichen Ebenen.

Mit der Beschreibung von Diotimas Kindheit stellt Bauchau die Heiterkeit.

Verfremdung und Verwirrung des Lesers bei Bauchau: Die afrikanische Fährte in Diotima und die Löwen

Diotima und die Löwen ist vielfältig für Deutungen zugänglich. Die Erzählung wie auch die archetypische Konstellation Hauptfigur in ein konkretes Umfeld. Der halb persische, halb griechische Clan, dem Diotima entstammt, lebt in Asien zu der Zeit, in welcher sich das Persische Reich herausbildet[31]. Bauchau versetzt uns in die

---

[30] Vgl. ebd., S. 51.
[31] Vgl. Bauchau, Henry: *Journal d'Antigone 1989-1997*. Arles: Actes Sud, 1999, S. 382.

Zeit der ersten persischen Stadtgründungen. Dies bezeugt seine Faszination für die Vor- und Frühgeschichte und die archaische Gesellschaftsbildung, wie er selbst es formuliert hat. Freilich darf man sich nicht täuschen, Bauchaus Anliegen ist nicht historische Treue. Als Erzähler bewegt er sich in einer Welt der Phantasie, aber das hindert ihn nicht daran, ins konkrete Detail zu gehen. Die Verfremdung rührt daher, dass die archetypische Konstellation den Leser mit Elementen von Initiationsriten konfrontiert, die dem rationalen Denken schwer eingängig sind und den modernen Einsichten westlicher Gesellschaften widerstreben.

Das Phänomen der Androgynie, die rituelle Jagd, Blutsbande und Blutsverehrung des sterbenden Totemtieres, das Menschenbild als kosmogonische Einheit, der Gegensatz zwischen der sichtbaren Welt, dem materiellen Menschen und seinem Schatten bilden die Struktur dieser anschaulichen und auf ein Ziel hin gerichteten Verfremdung.

Die Verwirrung, in die Bauchau den Leser stürzt, überrascht. Die Handlung der Erzählung siedelt irgendwo zwischen Asien und Griechenland und greift rituelle Abläufe auf, die jenseits dieses Raumes ihren Ursprung haben. So überschreitet die fiktive Wirklichkeit die geographischen Grenzen und setzt sich über die Einhaltung einer formalen Wahrscheinlichkeit hinweg. Die archetypische Konstellation verschmilzt unterschiedliche Kulturen und Initiationsriten.

Es steht außer Frage, dass die bedeutungsvollen Szenen der Erzählung und insbesondere die Initiationsriten nach einer Deutung verlangen.

Kann man die Erzählung als Beschreibung einer Identitätssuche darstellen, in welcher der Europäer sich der Vielfalt seiner „barbarischen" Abstammung bewusst wird? Wurzeln, die lange verdrängt wurden zugunsten des ausschließlichen Bezuges auf die Ratio, deren Überlegenheit allgemein nicht angezweifelt wurde? Im Interview mit Valerie Cordys äußerte sich Bauchau allgemein über die Bedeutung von Mythen und gab preis, was ihn zu dieser Fragestellung veranlasste:

> Um sich recht auf die Zukunft vorzubereiten, ist es gut zu wissen, woher man kommt, und zur Vergangenheit gehören nicht nur die Tatsachen, wie sie die Geschichte erzählt, sondern auch die Schöpfungen der Phantasie, Träume, Phantasmen und alle Formen des künstlerischen Ausdrucks. Der außerordentliche Einfluss der afrikanischen Kunst und der Musik Schwarzafrikas in unserem Jahrhundert belegt durchaus, wie Formen, die im 19. Jahrhundert noch archaisch erschienen, im 20. als zukunfsträchtig aufgewertet wurden[32].

Indem Bauchau „befremdende" Kulturen und „barbarische" Kultformen zeigt, erinnert er uns an die ursprünglichen Wurzeln des westlichen Zeitraumes und veranschaulicht den unermesslichen Reichtum, den wir diesen fernen Ursprüngen verdanken.

---

[32] Bauchau, Henry: In *Entrevues 43/44* (Dez. 1999), S. 44 zitiert nach Neuschäfer, Anne: *Henry Bauchau. Attentives Lauschende.* Aachen: Shaker Verlag, 2001, S. 107.

Eine wesentliche dieser fernen Zivilisationen ist zweifelsohne Afrika, was Bauchau im übrigen im Gespräch mit der Zeitschrift *L'œil de bœuf* bestätigt hat.

Auf die Frage, warum *Diotima und die Löwen* uns ebenso an das antike Hellas wie an das jahrtausendalte Afrika denken lässt, an das der Märchen und Geschichten der *griots*, antwortet Bauchau folgendermaßen: „In der Tat beschwört Diotima und die Löwen eine unvergängliche Welt herauf, die an Afrika erinnert"[33].

Die Verbindungen zu Afrika, die diese Erzählung schafft, verdienen unsere besondere Aufmerksamkeit, denn die Beschreibung geheimnisvoller Rituale weist eindeutig auf das vergangene und das gegenwärtige Afrika hin.

Manche Kulthandlungen und Initiationsstadien entsprechen einer Kultpraxis, welche die alten Gesellschaften insbesondere die des ist[34].

Ausgangspunkt dieser Überlegungen ist die These, nach der das antike Griechenland wie auch die hellenische und achaimenidische traditionellen Westafrikas bis heute bewahrt haben.

---

[33] Bauchau, Henry: In *L'Œil de bœuf Nr. 17.* Paris: Nouvelle inédite d'Eric Faye, 1999, S. 12.
[34] Wir wollen keineswegs den orientalisch-asiatischen Einfluss auf Bauchaus Werk außer Acht lassen. Im Einklang mit Bauchaus Denken richten wir hier unser Augenmerk auf einen bis jetzt vernachlässigten Aspekt, nämlich den Platz, den die schwarzafrikanische Kosmogonie in seinem Werk einnimmt.

a) Daher gehen wir von der Arbeitshypothese aus, dass der Handlungsaufbau in *Diotima und die Löwen* schwarzafri-kanischen Ursprungs Kultur ihren Ursprung im antiken Ägypten finden und damit schwarzafrikanischer Herkunft sind. Das Wort „schwarzafrikanisch" meint hier in der Hoffnung auf Übereinstimmung mit allen logisch nen desselben Mythos bei demselben Stamm.

b) Es fällt einem Europäer schwer, in die Tiefe des afrikanischen Denkens einzudringen, weil dieses der europäischen Gesellschaft völlig unbekannte Themen behandelt – enge Bindung zwischen Mensch und Natur, Allgegenwärtigkeit der Geister und Ahnen, eine gänzlich andere Wahrnehmung des Todes sowie das Phänomen der Seelen-wandlung und –wanderung, usw.

Es bestehen eindeutige Parallelen zwischen den subsaharischen, denkenden Wesen einen Menschen, dessen Haut schwarz ist und welcher natürlich braunes Haar hat[35].

Die schwarzafrikanische Kosmogonie in Diotima und die Löwen

Ich möchte zunächst darauf hinweisen, dass das Verständnis der afrikanischen Mythologien schwierig ist. Dafür gibt es im Wesentlichen zwei Gründe:

---

[35] Diop, Cheik Anta: *Nations Nègres et culture I.* Paris: Présence Africaine, 1979, S. 207.

Es existiert eine Vielzahl unterschiedlicher Versio-maghrebinischen und ägyptischen Kosmo-gonien. Sie sind einander so nahe, dass sie sich häufig ergänzen. Die traditionellen Wahrzeichen der großen Provinzen des antiken Ägyptens, die Verehrung der Bäume und geheiligter Tiere, gewisse Tempelheiligtümer belegen die Glaubenspraxis der prähistorischen Ägypter (zur Zeit des Neolithikums, 7000 – 5500 v.Chr.), welche Pflanzen, Gesteinen und vor allem Tieren geheime Urkräfte verlieh.

Jede Gottheit konnte im Grunde die Gestalt eines nützlichen oder gefürchteten, angesehenen oder seltenen Tieres annehmen: Man findet Stiere (Apis), Kühe (Harthor), Steinböcke (Khnoum, Bouc de Menedès), Krokodile, Schlangen (Ouadjyt), Falken (Horus), Affen (Thôt), Geier (Mout), Raubkatzen (Tefnout und Chou), Hunde (Anubis), eigentlich alles. Die gesamte Fauna, die am unteren Nil zur Blütezeit des antiken Ägyptens lebte, war vertreten. Interessant ist, dass der Pharao selbst an einer tierischen Wesenheit, der des Falken, teilhatte.

Bis ans Ende des heidnischen Ägypten war jeder Gott als höchster Herr einer bestimmten Stadt ausgewiesen. Man kann sagen, dass diese Götter den Ursprung zahlreicher Totemtiere sesshafter Stämme bildeten, aus denen später die ägyptische Nation erwuchs.

Der Tabu-Charakter gewisser Tiere und Pflanzen im antiken Ägypten erinnert an den Totemismus, wie er insbesondere in Schwarzafrika anzutreffen ist.

Im Gegensatz dazu waren solche Tabus den Griechen und anderen indoeuropäischen Völkern fremd, die keinen Totemismus kannten. Die Griechen beispielsweise verspotteten die übertriebene Anbetung mancher Tiere und Pflanzen bei den Ägyptern[36].

Man darf annehmen, dass der Begriff des Totemismus bei den weißen Völkern unbekannt war. Im übrigen erzählt Diotima selbst, dass ihre Mutter griechischer Herkunft die Blutsverwandtschaft ihrer Tochter mit den Raubkatzen verwarf[37].

Um Diotima zu heiraten, muss Arses an der rituellen Jagd teilnehmen und den alten Löwen töten, der das Totemtier des persischen Clans darstellt und nichts anderes ist, als das animalische Gegenbild von Diotimas Großvater, „diese geheimnisvolle Verkörperung Kambyses' und damit zweifellos Kambyses selbst"[38].

Als echtem „Griechen aus Griechenland" sind Arses diese Bräuche zuwider und er weigert sich, die große Raubkatze zu erlegen:

> Du (...) wirst (...) verstehen, dass mich der Gedanke, einen Löwen zu töten, mit Abscheu erfüllt (...). Bei mir zu Hause und in Indien lernte ich, das Leben in den Tieren zu ehren, nicht sie zu töten[39].

---

[36] Ebd., S. 205.
[37] Vgl. Bauchau: *Diotima,* a. a. O., S. 18.
[38] Ebd., S. 44.
[39] Ebd., S. 40.

Diesen Zeilen entnehmen wir, dass die Riten und Kulthandlungen, die in *Diotima und die Löwen* geschildert werden, im krassen Gegensatz zum hellenischen Denken stehen.

Henry Bauchau hat einige afrikanische Mythen, gewisse Denkweisen und Geschichten Schwarzafrikas in ein hellenisches Gewand gehüllt. So wird die schwarzafrikanische Welt dank der Erzählgabe und Bildhaftigkeit Bauchaus der westlichen Zivilisation zugänglich gemacht.

Totemismus

In Übereinstimmung mit dem französischen Wörterbuch *Le Petit Robert* halten wir fest, dass dieses Wort von dem Lexem Totem abgeleitet wurde. Aus ethnologischer und soziologischer Sicht stellt das Totem ein Tier dar, welches als Ahn und folglich als Beschützer eines Clans angesehen wird. Als solches ist es mit Tabus belegt und verlangt die Erfüllung besonderer Dienste. In seltenen Fällen kann eine Pflanze oder ein Gegenstand Totemfunktion übernehmen. Im weiteren Sinn bezeichnet Totemismus eine soziale oder familiäre Struktur, die auf dem Totem und seinem Kult basiert.

Bislang wurden zwei unverzichtbare Grundregeln für den Totemismus aufgestellt: das Verbot, das Totemtier zu töten oder Totemtier und Totempflanze zu verzehren, sowie die

Eheschließung zwischen Trägern eines gleichen Totems zu ermöglichen.

Verbot der Tötung und des Verzehrs von Totemtier und Totempflanze

Der Tabu-Charakter des Totemtieres findet sich in vielen traditionellen afrikanischen Gesellschaften. Zahlreiche literarische Werke Afrikas greifen dieses Thema auf. In *L'Enfant noir* (*Das schwarze Kind*) des guinesischen Schriftstellers Camara Laye heißt es:

> Seitdem man mir untersagt hatte, mit Schlangen zu spielen, lief ich bei ihrem Anblick zu meiner Mutter. (…) Sie sah nach, welche Art Schlange das war. War es eine gewöhnliche Schlange (...), so tötete sie sie auf der Stelle mit einem Stock. (...) Eines Tages jedoch nahm ich eine kleine schwarze Schlange mit besonders glänzendem Körper wahr (...) Wie gewöhnlich rannte ich zu meiner Mutter. Sobald meine Mutter die schwarze Schlange gewahrte, sagte sie ernst zu mir: „Diese darfst du nicht töten, Kind: sie ist nicht wie die anderen, sie wird dir kein Leid antun. (...) „Diese Schlange", fügte meine Mutter hinzu, „ist der Schutzgeist deines Vaters"[40].

An einer anderen Stelle lesen wir zum Phänomen des Totemismus im gleichen Roman:

> Sie (i.e. meine Mutter) hatte das Totemtier meines Großvaters, das Krokodil übernommen. (...) Bei normalem Wasserstand schöpft jeder Wasser aus dem Fluss. Der Niger fließt dann gemächlich in einem breiten Flussbett; man kann ihn zu Fuß

---

[40] Laye, Camara: *L'Enfant noir*, Paris: Plon, 1953, S. 14.

überqueren. Die Krokodile, die sich im tiefen Wasser aufhalten, entweder flussaufwärts oder flussabwärts zur Wasserstelle, bedeuten keine Gefahr (...). Bei Hochwasser verhält es sich anders: Der Fluss verdreifacht seine Wassermengen, geht weit über die Ufer, das Wasser ist überall tief und überall lauern die Krokodile: Ihre spitzen Schnauzen liegen kaum wahrnehmbar an der Wasseroberfläche. Dann hält sich jeder fern vom Fluss und begnügt sich mit dem Wasser aus den Nebenflüssen. Meine Mutter hingegen schöpfte weiterhin aus dem Fluss. Ich sah sie in unmittelbarer Nähe der Krokodile (...) sie holte furchtlos Wasser (...) ihr konnten Krokodile nichts anhaben und dieses Privileg ist verständlich: Es besteht eine enge innere Verbindung zwischen dem Totem und seinem Träger; dieses Band ist unauflöslich, da der Träger die Erscheinungsform seines Totems annehmen kann. Von daher liegt es auf der Hand, dass das Totem sich nicht selbst verschlingen kann[41].

In *Diotima und die Löwen* scheint Arses zunächst dieses Verbot zu achten. Als Beleg seien dazu einige Textstellen angeführt:

Im Rat der Ältesten entschied das Los, welchem Löwen er sich zu stellen habe. (...) Er war nicht nur der Große Löwe, er war auch (...) der Urahn (...). In seinen Bewegungen, seiner Haltung, seiner Art zu trinken und zu fressen, in seiner lauernden Angriffslust spiegelte der Große Löwe nicht nur das Fernbild des Ahnen, er war auch, da er zur gleichen Zeit lebte, das animalische und herrschaftliche Gegenbild Kambyses'. (...) Sollte er (i.e. Arses) den Kampf gegen die Raubkatze aufnehmen, würde er am Ende der Überlegene sein und diese geheimnisvolle Verkörperung von Kambyses töten und damit zweifellos Kambyses selbst[42].

---

[41] Ebd., S. 78.
[42] Bauchau: *Diotima*, a. a. O., S. 41, 43, 44.

Obwohl Arses noch nicht als Anführer des persischen Clans eingesetzt war, empfand er sich ganz natürlich als Oberhaupt des gesamten Clans – was im übrigen durch Kambyses' Traum bestätigt wird:

> Er (i.e. Kambyses) zeigte mir eine sehr schöne, schwere Lanze mit einer gefährlichen Spitze. „Im Traum hab' ich sie für dich ausgesucht, es ist meine Lieblingslanze und ich sah sie von meinen in Arses' Hände übergehen"[43].

Demzufolge ist also der Große Löwe sein Totemtier und Beschützer seines Clans. Arses weigert sich, den Großen Löwen zu erlegen, denn sein Tod entspräche notwendigerweise dem Tod seines menschlichen Gegenbildes.

Das Totemtier – den Schattengefährten des Menschen – töten, heißt den lebendigen Menschen, der hier Kambyses ist, zur Strecke zu bringen.

Trotz dieser unverzichtbaren Grundregel, deren Bruch Unglück bringt, tötet Diotima, als Enkelin des Kambyses von persischer Abstammung, deren ferne Urahnen Löwengötter waren, mit 14 Jahren ihren ersten Löwen, ihr Totemtier und „Blutsbruder"[44].

An dieser Stelle müssen wir uns fragen, welchen Stellenwert ein solches Grundgebot hat. Doch zuvor müssen wir klären, wie Bauchau in *Diotima und die Löwen* das Verbot der Eheschließung zwischen gleichen Totemträgern wertet.

---

[43] Ebd., S. 52.
[44] Ebd., S. 17

Der heilige Bund zwischen Arses und Kambyses' Enkelin ist endogamisch: Beide Gatten wissen um ihre Zugehörigkeit zu einem gemeinsamen tierischen Ursprung. Sie gehören daher ursprünglich dem gleichen Clan an und wollen sich dennoch verbinden; Arses galt doch als natürliches Oberhaupt des gesamten Clans und dank einer Kraft, die er in sich nicht verleugnen konnte, als der eigentliche Herr über die Löwen[45].

Bauchaus Interpretation des Totemismus ist aufschlussreich. Ihr ist zu entnehmen, dass die beiden unverzichtbaren Grundregeln des Totemismus keine absolute Gültigkeit besitzen, sondern je nach Völkern variieren. Grundsätzliche Aussagen zur totemistischen Praxis sind daher nicht möglich und umstritten[46].

Diesen Freiraum nutzt Bauchau in seiner Darstellung, denn er verbindet die extremen Punkte afrikanischer Zivilisation, den Kanibalismus und den Totemismus, zu einer totemistischen Praxis, der Tötung des Totemtieres, die uns die Ferne der Ursprünge unserer eigenen Zivilisation verdeutlichen soll. des Tieres gewährt dem alten Oberhaupt eine letzte Frist, denn Kambyses kommt erst am folgenden Tag zu Tode.

---

[45] Vgl. ebd., S. 44.
[46] Über den Totemismus siehe Durkheim, Émile: *Les Formes élémentaires de la vie religieuse*. Paris: PUF, 1960, S. 124 bis 342. Vgl. auch Léve-Strauss, Claude: *Le Totémisme aujourd'hui* (1962). Paris: PUF, 2002. Vgl. auch Makarius, Raoul & Laura: *L'Origine de l'exogamie et du totémisme*. Paris: Gallimard, 1961.

Frappierend ist hier die Ähnlichkeit zu afrikanischen Ritualen, die Opfer verlangen, wenn eine Tabugrenze verletzt wurde Bauchaus Verfremdung der westlichen Zivilisation bereitet den Leser zugleich vor für die Aufnahme transzivilisatorischer Aspekte aus fernen Kulturen: Das Fremde liegt uns näher, weil uns das Vertraute verfremdet wird.

Das Ritual des Opfers

Eine dritte Figur tritt zwischen Kambyses und den Großen Löwen. Unerwarteterweise stirbt sie, und nicht Kambyses, als der Löwe dem Lebenskampf entsagt. Der Tod dieser Figur zusammen mit dem, um die schlimmen Folgen abzuwenden. Daher gehört der Tod der dritten Figur, des Kind-Greises, in den Kontext des Opferrituals. Kambyses' Tod erfolgt also nicht zeitgleich, er kennt eine befristete Zwischenexistenz, ganz wie *Wangri*n, dessen Schicksal Amadou Hampâté Bâ beschrieben hat.

> Da seine Konzentration völlig von den Gedankengängen seiner beiden „Doubles" in Anspruch genommen war, sah er die dunkle Linie, welche die Hälfte der Straße versperrte, zu spät. Weil er sie für einen Schatten hielt und außerdem keine Zeit mehr zum Überlegen hatte, fuhr er mit unverminderter Geschwindigkeit weiter. In dem Augenblick, da er bemerkte, dass es eine Pythonschlange war, hatte sein Wagen auch schon den Körper des Reptils überfahren und ihm mehrere Glieder gebrochen. Unter der Reaktion des Tieres kam der Wagen ins Schleudern und warf Wangrin und seine Koffer in den Graben.

Mit blutendem Gesicht, den Körper voller Schrammen, konnte Wangrin, der unter der Gewalt des Aufpralls zunächst ganz erstarrt war, nur mit großer Mühe wieder aufstehen. Er ging zu der Stelle zurück, wo die Schlange ihr Leben ausgehaucht hatte und am Boden lag. Er hatte ungewollt sein „verbotenes Tier" getötet, das zugleich das verbotene Tier seines Stammes und der Schutzgott des Landes war, das er gerade durchfuhr. Von nun an konnte er als „unfreiwilliger Selbstmörder" gelten, denn das Double eines Menschen wohnt in seinem *tana* oder heiligen Tier, darum darf er es nicht töten. Durch den Einfluss okkulter Kräfte werden ihm die schlimmsten Dinge zustoßen, wenn er es absichtlich oder unabsichtlich töten sollte.

Wangrin verbrachte die Nacht an Ort und Stelle. Am nächsten Morgen fanden ihn Bauern am Straßenrand. Er ließ sich von ihnen in das nächste Dorf führen und bat darum, den „Meister des Messers" sprechen zu dürfen. Er schilderte ihm sein trauriges Abenteuer.

Der „Meister des Messers" und acht Männer, erfahrene Jäger, die sich im Busch der Umgebung genau auskannten, identifizierten die Pythonschlange. Es war der *dassiri* eines großen heiligen Tümpels, zu dem alle wilden Tiere der Gegend zur Tränke kamen. Diese Pythonschlange hieß N'Tomikoro-saa-ba.

Der „Meister des Messers" forderte Wangrin auf, einen Stier, einen Ziegenbock, einen Hahn und eine Katze zu opfern. Diese Tiere sollten schwarz sein und dem Tümpel als Opfergabe dargebracht werden. So könnte ein anderer *dassiri* eingesetzt werden, den der Schutzgeist und Herr über den gesamten Busch des Landes bestimmen würde. Wangrin gab das Geld, das für den Kauf dieser Tiere nötig war, dazu Kolanüsse und Hirse, um ein sakramentales Bier herzustellen[47].

---

[47] Deutsche Übersetzung Bâ, Hampaté Amadou: *Wangrins seltsames Schicksal.* Frankfurt am Main: Otto Lembeck Verlag, 1986, S. 323-324.

Während des rituellen Löwenkrieges wird der „Blutsverwandte" in einen grausamen Gegner[49] verwandelt, dessen Blut eine unverzichtbare Trophäe darstellt. Es geht um die physische Tötung des Feindes mit dem Ziel, sich seine Kräfte über den Genuss des Blutes einzuverleiben und damit unverletzbar zu werden angesichts der bedrohlichen Kräfte des Universums. Aus ähnlichen Motiven badete Siegfried einst im Blut des erlegten Drachen. Auch hier lassen sich Parallelen zur zeitgenössischen afrikanischen Literatur französischer Sprache herstellen, beispielsweise zu dem Roman *Allah n'est pas obligé* von Ahmadou Kourouma[50].

Vgl. Originalversion: *L'étrange Destin de Wangrin*. Paris: Nouvelle Edition Inédit (NEI), 1992, S. 326.

[48] Der Blutmythos ist bekanntlich seit Jahrhunderten Bestandteil von Religionen, von esoterischen oder archaischen Praktiken in der ganzen Welt. In der christlichen Lehre endet der Blutkult mit Jesu Kreuzigung. Jesus bezahlt mit seinem Blut die Erbschuld des Menschen. Für die Christen opfert er sich als letztes Blutopfer. Der Symbolwert des Blutes ist sehr vielfältig und heute noch sehr hoch. Blut heißt Leben, ist Symbol für das Reine aber auch das Unreine, je nach dem. Es steht für Kraft, Mut, Kühnheit, Menstruation, Vererbung und vieles mehr. Im Blutkult begegnet der Mensch übernatürlichen Kräften mit Hilfe von Substanzen, Gegenständen oder Opfertieren. Zu den bekanntesten Opferzeremonien zählen der Tierholocaust bei Herodot, das "aid-el-kebir" der Moslems oder das Lammopfer der Christen.

[49] Obwohl Diotima von einem "Gegner" spricht, ist dieses Wort hier im Kontext des Krieges nicht zutreffend. Der Gegner braucht nicht um sein Leben zu bangen, denn festgelegte Verhaltensregeln schützen ihn. Während eines Krieges hingegen geht es um Vernichtung, um physische Tötung des Feindes.

[50] Seit dem 10. Jahrhundert existiert in Sierra Leone eine esoterische

Als Jungfrau unter männlichen Löwen, nachdem sie sich ihren Blutsbrüdern im Kampf gestellt hatte, konnte Diotima in ihren Dienst als Stammesführerin eingewiesen werden. Das Ritual war ihr vertraut:

> Ehrerbietig kniete ich nieder, verneigte mich vor meinem Gegner und küsste ihn auf die Stirn. Das Blut von seiner Wunde vermischte ich mit meinem eigenen. Ich netzte damit meine Stirn, meine Brust und schließlich meine Lippen (...). Plötzlich begriff ich, ein sehr langsamer Tanz hatte mich erfasst, einem Gesang gleich. Ein roter und dichter Schleier legte sich über meine Augen, ich nahm keine Geräusche mehr wahr, überwältigt vom Geruch des Löwen, mit dem Geschmack seines Blutes auf meinen Lippen.

Bruderschaft von geweihten Jägern, „Kamajors" genannt. Ihr Ehrenkodex verlangt, dass diejenigen, ob Männer oder Frauen, die den Heldentod sterben, als Meister ihrer Profession behandelt und im Rahmen einer ehrenvollen Trauerfeier bestattet werden. Die Grabrede wird von Gesängen und esoterischen Versen begleitet. Unmittelbar nach dem rituellen Tanz wird der Leichnam an den Rand des Grabes gelegt. Drei Meister beugen sich über den Toten und entnehmen sein Herz. Mit diesem entfernen sie sich vom Ort der Feier, braten es und legen es anschließend in einen ölgefüllten Behälter, der dicht verschlossen vergraben wird. Jedes Jahr organisiert die Bruderschaft zwischen Anfang März und Ende Mai das „donkun cela" oder „Kreuzungsritual", das wichtigste Fest der Bruderschaft. Während der Feier wird ein Mahl gemeinsam von allen Mitbrüdern eingenommen. Am Ende des Festmahls werden die „dagas conons" exhumiert, die Behälter mit den gebratenen Herzen der tapferen Jäger. Die Herzen werden heimlich von der Gemeinschaft der Meister verspeist. Sie sollen Kraft und Mut verleihen. [Vgl. Kourouma, Ahmadou: *Allah n'est pas obligé.* Paris: Seuil, 2000, S. 181-193. Vgl. auch Heusch, Luc de: *Le Sacrifice dans les religions africaines.* Paris: Gallimard o.J.].

Tanzend stieg ich allmählich in eine sehr ferne Vergangenheit ab, ich durchquerte Äonen und gelangte zur Grotte unserer Ahnen, mitten unter die göttlichen Löwen. Das Blut des Löwen, mit dem meinen vermengt, ermöglichte mir eine Wahrnehmung, in der es weder Vergangenheit noch Zukunft gab, wo jegliche Trennung zwischen Tier und Mensch aufgehoben war, denn die Schwelle des Todes war überwunden.

Zuweilen kam ich wieder zu Bewusstsein, ich konnte sehen, wie wir alle in der Grotte des Ursprungs tanzten, aus der einst die göttlichen Löwen ausgezogen waren, um uns als ihre ebenbürtigen Gegner zu gebären. Gelegentlich begegnete ich Kyros, er hatte das Maul und die Grausamkeit der Raubkatze (...). Während das Feuer die Leiber verzehrte, kam der Tanz wieder über uns, und verwandelte uns (…) erneut in Löwen. (…)

Unter den Tänzern flackerten häufig Kämpfe auf, Gebrüll erschallte. Es waren kurze und heftige Zusammenstöße, die beim ersten Blutvergießen ein Ende finden mussten. Allein der Tanz dauerte fort und brachte uns nach und nach zum Ursprung zurück, dorthin, wo Seele und Körper eins sind[51].

Diese rituelle Feier weist große Ähnlichkeiten mit dem Woudou-Kult[52] auf – der seine Wurzeln in Westafrika, vor allem in Benin hat –, in dem Musik und Tanz eng verbunden sind, um das Ritual der Besessenheit auszulösen, in welchem der Besessene in Dialog mit der Gottheit tritt, die schließlich in ihn einfährt und sich in ihn inkarniert.

---

[51] Bauchau: *Diotima*, a. a. O., S. 23 ff. und 26 f.

[52] Vgl. Olympe Bhêly-Quenum: „Du vodu et des pratiques de l'Afrique des profondeurs", conférence à Lecce, tirée de: http://www.obhelyquenum.com. Vgl. auch Rouget, Gilbert: *La Musique et la transe*. Paris: Gallimard, 1990.

Zeitlebens bleibt der Woudou-Priester durch diese initiatiorische Erfahrung geprägt, in einem gewissen Sinne bleibt er Eigentum der Gottheit. Gestaltwandlung und Seelenwandlung als Manifestation göttlicher Erscheinungen sind fester Bestandteil der Glaubensvorstellungen der schwarzafrikanischen Kulturen, auf die Bauchau in diesem Kontext zurückgreift.

Bauchau und der Urmythos des Ödipus

In Sophokles' Tragödie König Ödipus entdeckt der Protagonist, dass die verhängnisvolle Prophezeiung seiner Geburt sich erfüllt hat und dass er in der Tat seinen Vater getötet und seine Mutter geheiratet hat.

Um dieser Vorhersage zu entgehen, hatten ihn seine Eltern vom thebanischen Hof fern gehalten. Als Adoptivsohn des Königs von Korinth begegnet er auf seiner Reise Laios, dem thebanischen König. Er tötet ihn im Streit, in Unkenntnis, dass es sich um seinen Vater handelt.

In Theben löst er das Rätsel der Sphinx und wird zur Belohnung Gatte der Königin Jokaste, ohne zu wissen, dass sie seine Mutter ist.

Als die Wahrheit aufgedeckt wird, richtet sich Jokaste selbst, während Ödipus sich blendet. Als verbrecherischer Herrscher enthebt er sich selbst seines Amtes und wird von seinen eigenen Söhnen aus der Stadt gejagt.

In Ödipus auf Kolonos zeigt Sophokles seinen Protagonisten am Ende eines langen Irrens durch Griechenland, in Begleitung Antigones, seiner Tochter und Schwester, die sich entschieden hatte, ihn zu begleiten.

Nachdem sie aus Theben vertrieben worden waren, zogen Ödipus und Antigone lange Jahre bettelnd von Dorf zu Dorf.

Das Stück zeigt, wie der dem Tode nahe Ödipus sich zum heiligen Hain der Erynien in Kolonos bei Athen begibt. Götter und Menschen bringen ihm Mitleid entgegen; Theseus, der König von Athen, hat ihn unter seinen Schutz genommen. Dieser ist auch zugegen, als Ödipus auf rätselhafte Weise entrückt wird.

Wie das Orakel es verheißen hatte, sollten Undankbarkeit und Begehrlichkeit Thebens Sturz bewirken, während die Verehrung des Ödipus zur Blüte Athens führte.

Freud fügt dem Ödipus-Mythos eine neue Dimension hinzu. Die Ereignisse, die Sophokles in König Ödipus berichtet, bilden das Fundament, auf dem Freuds Deutung des Ödipus-Mythos Gestalt annimmt. Freud macht Ödipus zum Gefangenen des Inzests.

Hingegen belegt Bauchaus Interesse für Ödipus, dass der Autor letzteren aus der Sackgasse herausführen möchte, in der Freud ihn hält. Bauchau möchte die Wandlung des mythischen Blinden, der nach seinen Irrwegen in Kolonos zum Sehenden wird, verstehen und gestalten.

Im Gespräch mit Nancy Huston, die ihn nach seinem komplexen Verhältnis zu Freud und dessen Deutung des Mythos befragte, erläuterte Bauchau:

> Ich finde es aufschlussreich, dass Freud sich ausschließlich mit dem Täter Ödipus beschäftigt hat, mit der Geschichte eines Ödipus, der, ohne Bescheid zu wissen, sich von seiner Mutter angezogen fühlte und schließlich den Inzest vollzog. Darüber ist Freud nicht hinaus gelangt. Was mich hingegen interessierte und mir immer ein Rätsel blieb, ist, wie Ödipus von der Figur, die in *König Ödipus* gezeigt wird, zu der des späten Stückes *Ödipus auf Kolonos* werden konnte, dem Protagonisten, der seine Verfehlungen annimmt und darüber wieder zum Sehenden wird[53].

Bauchau lässt seine Romangestalt also den Raum durchmessen, der zwischen *König Ödipus* und *Ödipus auf Kolonos* liegt. Zwischen beiden Tragödien liegt eine Zeitspanne, denn Sophokles erwähnt Ödipus' und Antigones Wanderjahre nur am Rande.

In seinem Roman *Ödipus unterwegs* schildert Bauchau, wie der blinde Verbrecher zum ehrwürdigen und hellsichtigen Rhapsoden Griechenlands im Verlauf seiner zehnjährigen Wanderschaft wurde.

Die afrikanische Fährte im Kontext des Romans 'Ödipus unterwegs'.

Arses, der durch Heirat Oberhaupt zweier verwandter Stämme Asiens und Griechenlands wurde, nahm Diotima

---

[53] Bauchau, Henry: „D'ou viennent les personnages?". In: *L'Œil de bœuf*, a. a. O., S. 37.

in seine Heimat Griechenland mit. Dort nahm sie am Ende eines langen Lebens den Bettlerkönig Ödipus auf.

Nachdem ihr Gatte Arses auf See umgekommen war, zog sich die trauernde Diotima in Einsamkeit und Meditation zurück. Schon am ersten Abend bat sie ein Mann um Hilfe für seine schwer erkrankte Frau. Als sie sich weigerte, ihm zu folgen, legte sich der Mann vor ihrer Tür nieder. Da erinnerte sie sich an das "Greisenkind", das sich vom Schritt seines Büffels führen ließ, und beschloss, dem Appell des Mannes Folge zu leisten.

Auf diese Kranke folgten viele. „So verbrachte ich" , sagte sie zu Ödipus, „drei Trauerjahre und dachte stets an Arses, ohne je Zeit dafür zu haben"[54].

Diese Worte waren entscheidend für Ödipus, denn sie brachten ihn dazu, wie Diotima und das "Greisenkind", Dorfgemeinschaften aufzusuchen, wo sein Gesang erwünscht war.

So wurde er zum Rhapsoden[55]. *Diotima und die Löwen* wurde zu einer abgeschlossenen Erzählung, die als Novelle erschien.

Das Band zwischen Erzählung und Roman ist jedoch enger, als man auf den ersten Blick vermuten würde, denn Diotimas Initiation erhellt Ödipus' komplexe Wandlung.

---

[54] Bauchau, Henry: *Ödipus*, a. a. O., S. 198.
[55] Vgl. ebd., S. 172 ff.

Inhaltlich wie formell gehören beide Texte also zusammen, und dies zeigt sich auch im durchgängigen Rückbezug auf Elemente, die alten afrikanischen Kulturen entlehnt sind, wie Eheschließungsriten[56], Heilpraktiken[57], Bestattungs-

---

[56] Als in *Ödipus unterwegs* Clios seinen Weggefährten Ödipus und Antigone vom Tod seines Vaters erzählt, lesen wir Folgendes: „Eines Tages erzählte mir meine Mutter, dass mein Onkel auf das Recht pochte, das ihm nach dem Gesetz des Clans zustand, die Witwe seines Bruders zu heiraten.(...). Er hatte von ihr das gefordert, was er als sein gutes Recht betrachtete." [Bauchau, Henry: *Ödipus*, S. 84 f.]
Jo der Gaukler, eine Nebenfigur aus dem Roman *Remember Ruben* des Kamerunesen Mongo Beti erzählt Mor-Zamba, einem Protagonisten des Romans, aus seinem Leben:
"Als mein Vater starb, hätte meine Mutter eigentlich traditionsgemäß den Bruder meines Vaters heiraten müssen, meinen Onkel, einen alten Kerl, der bereits drei oder vier weitere Frauen hatte, die er auf die gleiche Art und Weise geehelicht hatte."
- Man könnte glauben, er habe seine Brüder umgebracht, um an ihre Frauen zu gelangen.
- Keineswegs, es ist nicht nötig, mehrere umzubringen; es reicht, wenn ein einziger umkommt, vorausgesetzt dieser hat mehrere Frauen, verstehst du?" (Beti, Mongo: *Remember Ruben*. Paris: Harmattan, 1982, pp. 425).
Das Recht, das Clios' Onkel beansprucht, um die Witwe seines Bruders heiraten zu können, erinnert auffällig an das traditionelle Eherecht, das beim Stamm der *bétés* im Westen der Elfenbeinküste und über die Grenzen dieses Landes hinaus Gültigkeit hat, wie der Bericht des Gauklers Jo zeigt.
Bei den *bétés* der Elfenbeinküste wie auch bei anderen Stämmen dieses Landes steht die Witwe des Bruders in der Tat einem der Brüder des Toten zu. Sinn dieser Tradition ist der Schutz der Waisen und der Witwe selbst. Die ursprüngliche Familie (des Mannes) erscheint als der Ort, der am besten diesen Schutz gewähren kann. Halbbrüder werden zu Cousins.
In meinen Augen interessiert sich Bauchau besonders für diesen Aspekt des traditionellen afrikanischen Eherechtes.
Was Bauchaus Originalität ausmacht, ist die Art, wie er über die klassische Herangehensweise an bestimmte Themen hinausgeht. Er verlässt die traditionellen, einengenden Denkmuster, begibt sich in die verschlungenen Pfade der Finsternis und daraus erwächst eine zukunftsorientierte Sichtweise. Bauchau regt den Leser zu dieser Initiationsreise an.

zeremonien[58], um nur wenige zu nennen.

Die Geschichte des Volkes der Hohen Hügel: das Matriarchat

In *Ödipus unterwegs* wird berichtet, dass das Volk der Hohen Hügel von zwei Eroberungswellen überrollt wurde. Zunächst von den Achäern, welche die Bronze[59] in Griechenland einführten und anschließend von anderen Völkern, welche die Schmiedekunst[60] aus Asien mitbrachten.

Die Eindringlinge brachen den Widerstand des Volkes der Hohen Hügel und seines Matriarchats.

Nur eine kleine Gemeinschaft hatte überlebt, die sich mit ihrer Königin, der jegliche Erinnerung abhanden gekommen war, in das unzugängliche Hochland zurückgezogen hatte.

---

[57] Antigone, die an ihren Verbrennungen leidet, wird von der jungen Isis, deren Mutter ägyptischer Abstammung ist, mit Lehm, Kräutern und Salben aus Ägypten behandelt. [Vgl. Bauchau, Henry: *Ödipus unterwegs*, S. 151]. Im heutigen Afrika entspricht die Figur Isis den traditionellen Heilpraktikerinnen, deren Heilkunde auf der Kenntnis der Wirkung kosmischer Kräfte gründet.

[58] Klios' Mutter führt um den Leichnam von Clios' Vater und seines Gefährten einen rituellen Tanz "von schlichter, erhabener Schönheit aus." [Vgl. Bauchau, Henry: *Ödipus unterwegs*, S. 83]. Wir wissen, dass vor allem in Westafrika zu jeder Grabrede Tanz und Gesang gehören, die den Übergang des Toten in die unsichtbare Welt erleichtern.

[59] Bauchau, Henry: *Ödipus*, a. a. O., S. 249.

[60] Ebd., S. 251.

> Die Vergangenheit war so völlig aus ihrer Erinnerung gewichen, dass sie uns nur noch die dunklen Wege der Zukunft weisen konnte[61].

So erzählt Konstantius Ödipus, dass das Volk der Hohen Hügel vor der Invasion der Achäer seit eh und je von Königinnen geführt wurde.

> Nach dem Tod der Witwe (...) erfuhren wir von ihrer Lieblingsdienerin Antiopa, dass diese eine Königin zu ihrer Nachfolgerin gekürt hatte[62].

Die Vorstellung eines Matriarchats bei den Griechen ist zumindest umstritten. Daher erstaunt das matriarchalische Erbrecht in der Geschichte des Volkes der Hohen Hügel.

In *Ödipus unterwegs* ist die weibliche Erbfolge aus ihrem geographischen und kulturellen Umfeld herausgelöst, denn niemand bestreitet, dass die Königsfolge in Griechenland männlich war. In Schwarzafrika[63] hingegen gab es in diesen

---

[61] Ebd., S. 253.
[62] Ebd., S. 252.
[63] Von der historischen Wirklichkeit zu Bauchaus erzählerischer Fiktion ist der Weg nachvollziehbar. In der Figur der verwitweten Königin der Hohen Hügel erkennen wir durchaus die reale, historische Gestalt der Königin Candace aus dem meroitischen Sudan. Folgende Textausschnitte belegen diese These:
„Als die indo-europäische Welt militärisch stark genug geworden war, um sich an die Eroberung der alten Länder zu begeben, aus denen ihre Kultur hervorgegangen war, sollte sie auf den heftigen und erbitterten Widerstand einer Königin stoßen, deren Kampfwille den Nationalstolz eines Volkes symbolisierte, das bis dahin anderen seine Gesetze aufgezwungen hatte. Es geht hier um Candace, Sudans meroitische Königin, die in der Antike aufgrund des Widerstandes, den sie an der Spitze ihres Heeres den römischen Truppen von Cäsar-Augustus entgegensetzte, alle beeindruckte. Bei der Schlacht verlor sie ein Auge, was ihren Mut nur anstachelte. Ihre Todesverachtung, ihre Kühnheit, verschafften ihr bei allen Respekt." [Diop, Cheikh Anta: *Nations Nègres*, S. 216].

fernen Zeiten häufig Königinnen. Sie sicherten in der Regel die politische Kontinuität. Dies entsprang der allgemeinen Grund-auffassung, dass nur die weibliche Erbfolge Gültigkeit besitzt. Heutzutage genießen Frauen weiterhin dieses Vorrecht dort, wo die traditionellen Gesellschaftsformen nicht durch äußere Einflüsse verändert wurden.

In seinem satirischen Werk *En attendant le vote des bêtes sauvages* beschreibt Ahmadou Kourouma mit dem ihm eigenen Sarkasmus diese weibliche Erbfolge beim Volk der *baoulés* aus der Elfenbeinküste, ohne es jedoch namentlich zu benennen.

Im Stamm des Oberhauptes herrscht Matriarchat; ein Sohn ist nicht Eigentum seines Vaters, denn

---

„Unsere Königinnen waren im Zuge der Invasion getötet oder verbrannt worden. Als alles verloren schien, trat eine neue Königin in Erscheinung (…). Diese Königin, die wir die Witwe nannten, hatte begriffen, dass wir nur überleben konnten, wenn wir unsere Unabhängigkeit mit Waffen aus Metall verteidigten und (…) bewahrten. (…) der Witwe gelang es, geflohene Sklaven zu sammeln, welche die Archäer in ihren Bergwerken oder Schmieden hatten arbeiten lassen. Unter ihrer Anleitung hatten wir gelernt, Erze zu fördern und Metalle zu bearbeiten. Wir konnten uns verteidigen (…). Zu diesem Zeitpunkt drangen andere Völker in Griechenland ein. (…) Wir wurden in die allgemeine Katastrophe hineingezogen (…). Die Witwe erkannte dies und schlug der Versammlung vor, den Schatz (…) zu opfern, um unsere Politik des Landerwerbs wieder aufzunehmen und von dem König, dessen Gebiet das unsere umgab, Ländereien und einen Hafen zu erhalten. (…) Der König wurde angelockt, es fand eine Begegnung statt, zu der beide Seiten gemäß einem Versprechen unbewaffnet erscheinen sollten. Nach langen Verhandlungen erhob der König neue Forderungen, die jedoch die Witwe ablehnte. Da zog er aus seinen Gewändern eine verborgene Waffe, stürzte sich auf sie und tötete sie. [Bauchau, Henry: *Ödipus unterwegs*, a. a. O., S. 249 ff.].

dieser wird lediglich als Erzeuger angesehen; das Kind gehört zur Mutter und zur Familie der Mutter[64].

Erste in der Ahnenreihe dieses Volkes war eine Königin namens Pokou. Der Legende nach opferte sie ihren eigenen Sohn den Kaimanen, als sie vor dem Krieg flüchtete, der damals auf dem heutigen Staatsgebiet Ghanas tobte. Dadurch hoffte sie, das andere Ufer – das heißt eine Region, die etwa der heutigen Elfenbeinküste entspricht – zu erreichen, ihren Verfolgern zu entkommen und damit ihr Volk vor den fatalen Folgen eines Krieges zu schützen.

Im Cayor-Reich (Senegal) spielen die *linguères*, das heißt die Mütter, Tanten und leiblichen Schwestern des dortigen Königs (*Damel* genannt) eine überragende politische Rolle. An der Spitze dieses bedeutenden senegalesischen Reiches stehen Adelige, Abkömmlinge der sieben großen königlichen Familien weiblicher Erbfolge.

In seinem Roman *L'Aventure ambiguë* weist Cheikh Hamidou Kane in der Figur der *Grande Royale* nach, dass der Mittelpunkt der politischen Macht weiblich ist und dass Verantwortung für die wichtigen Entscheidungen, welche die Wesensart der traditionellen afrikanischen Gesellschaft betreffen, in besonderer Weise der Frau obliegen.

Folglich gehört die Idee des Matriarchats als Erbe eines von Weißen besiedelten Mittelmeerraumes zum Reich der Phantasie und der erzählerischen Fiktion. Wäre es nicht so,

---

[64] Kourouma, Ahmadou: *En attendant le vote des bêtes sauvages.* Paris: Seuil, 1998, S. 189.

hätte das Matriarchat die persische, griechische, römische und christliche Kultur überdauern müssen, wie es bis heute in Schwarzafrika überlebt hat. Wir wissen allerdings, dass dies nicht zutrifft. Cyrus bestimmte im Voraus seinen ältesten Sohn Kambyses als Nachfolger, welcher seinen jüngeren Bruder ermordete, um seinen Rivalen zu beseitigen.

Beim Volk der Hohen Hügel in *Ödipus unterwegs* ist die Verbindung zwischen Landwirtschaft und matriarchalischen Strukturen[65] besonders aufschlussreich, denn auch in Schwarzafrika scheint Ackerbau das Matriarchat hervorgebracht zu haben. Die landläufige Meinung schließt sich dieser Ansicht an, weil Ackerbau ein angeblich von Frauen entdecktes Betätigungsfeld ist. Da Frauen das häusliche Umfeld nicht verließen, sollen sie als erste nahrhafte Kräuter gesammelt haben, während Männer sich härteren körperlichen Arbeiten wie Jagd und Krieg widmeten.

Die These, nach der die Frau am Anfang der Landwirtschaft steht, erklärt auch, dass Frauen in Schwarzafrika bis heute traditionsgemäß um ihre Hütte einen kleinen eigenen Garten mit frischen Kräutern anlegen.

---

[65] In *Ödipus unterwegs* wird erwähnt, dass die neue Königin, obwohl sie das Gedächtnis verloren hatte, noch in der Lage war, auf dem Feld zu arbeiten. Beim zweiten Ansturm der Eroberer begann die verwitwetete Königin mit dem siegreichen König zu verhandeln, in der Absicht, Land zu erwerben, um ihr Volk vor einer Hungersnot zu schützen [Bauchau, Henry: *Ödipus unterwegs*, a. a. O., S. 251].

111

In *Ödipus unterwegs* lesen wir folgendes:

> Wenn der Krieg naht, so muss die Königin nach der Wintersonnenwende nach unserem Brauch einen König benennen, der Feldherr sein soll und unter ihrer Anleitung einen Teil der Machtvollkommenheit ausübt. König zu sein unter diesen Voraussetzungen ist eine zweifelhafte Ehre, denn er wird nur für die Dauer des Krieges gewählt und muss um der Zukunft des Volkes willen bei der Sonnenwende geopfert werden, die auf das Ende der Feindseligkeiten folgt[66].

Diese Zeilen, in denen Konstantius von der Ernennung eines Königs vor Kriegsausbruch berichtet, sind bemerkenswert für den Einfluss schwarzafrikanischen Denkens und Brauchtums auf Bauchaus Werk.

Im antiken Ägypten konnte nur ein kerngesunder König regieren. Sobald er an Kraft verlor, wurde er anfangs, so scheint es, tatsächlich umgebracht. Sehr früh sann allerdings die Monarchie auf verschiedene Auswege. Der König beharrte auf dem Genuss seiner Amtsvorrechte und wollte gleichzeitig von Unannehmlichkeiten möglichst verschont bleiben. So wurde aus diesem traditionellen Akt ein rein symbolischer. Im fortgeschrittenen Alter wurde der König nach einem bestimmten Ritual symbolisch ins Jenseits befördert. Das Ritual hieß Sed-Fest[67].

---

[66] Ebd., S. 258 ff.
[67] Das "Sed-Fest" war von da an also das Fest der Verjüngung des Königs: Rituelle Hinrichtung und Verjüngung des Königs waren gleichzusetzen und wurden im Laufe des gleichen Rituals vollzogen

Nach dem Fest und dank des ausgeführten Rituals galt der König in den Augen des Volkes als verjüngt und war somit in der Lage, sein Amt wieder zu führen.

Diese Auffassung der Monarchie verdeutlicht auf beeindruckende Weise die nahe Verwandschaft zwischen dem antiken Ägypten und dem übrigen Afrika. Ein Beispiel für einen gemeinsamen und einzigartigen Wesenszug möchten wir hier erwähnen. In der afrikanischen Kosmogonie musste der König als geheiligte Person derjenige sein, der die größte Lebenskraft besaß. Sank diese unter ein bestimmtes Niveau, erfolgte ein ontologischer Bruch. Sollte der König weiterhin regieren, konnte dies nur noch als Gefahr für das Volk angesehen werden. Alle traditionellen – rechtmäßigen – afrikanischen Monarchien gründen auf dieser vitalistischen Auffassung:

> In Senegal konnte der König nicht mehr im Amt bleiben, wenn er im Kampf verwundet worden war; bis zu seiner Genesung musste er sich vertreten lassen. Im Laufe einer solchen Vertretung ergriff ein Halbbruder des Teigne du Baol – aus einer Beziehung des Vaters mit einer Frau aus dem Volk – durch einen Staatsstreich unter dem Namen Lat-Soukabé die Macht und gründete zur Zeit André Brües (1697) die Guedj-Dynastie[68].

Der Brauch, den König zu entmachten, sobald seine Lebenskraft nachließ, ist Bestandteil der vitalistischen Glaubenssätze der schwarzafrikanischen Welt. Sie besagen

---

[Vgl. Seligmann: *Study in Divine Kingship*. In: Diop, Cheik Anta: *Nations Nègres*, a. a. O., S. 210].

[68] Ebd., a. a. O.

nämlich, dass die Fruchtbarkeit des Bodens, die Üppigkeit der Ernten, die Gesundheit des Volkes und der Herden, der normale Ablauf des Alltags und der Lebenserscheinungen eng mit der Lebenskraft des Königs in Verbindung stehen.

Was die tatsächliche Hinrichtung des Königs angeht, bestimmen einige schwarzafrikanische Völker eine Anzahl von Jahren, nach denen der König über nicht mehr genügende Lebenskraft verfügt, um weiterhin regieren zu können, was eine reale Hinrichtung zur Folge hat. Bei den Mboum in Zentralafrika beträgt diese Zeitspanne zehn Jahre und die entsprechende rituelle Feier findet vor der Hirseernte statt. Zahlreiche Völker Schwarzafrikas bleiben diesem Brauch treu. In Ruanda beispielsweise waren einige Personen damit beauftragt, auf dem Kopf des Königs graue Haare – Zeichen des Alterns – ausfindig zu machen. Nachdem sie dies – vom König unbemerkt – erledigt hatten, tagte der Rat der Weisen und beriet die tatsächliche Hinrichtung des Königs.

Vitalität als Herrschaftsprinzip Bauchaus.

In *Ödipus unterwegs* lesen wir, dass die Männer, die sich um die junge Königin versammelt hatten, um angesichts des nahenden Krieges einen König zu wählen, die Hoffnung hatten, die junge Königin würde, in weiser Voraussicht, einen älteren Mann bestimmen, der nur eine recht kurze Lebenszeit für sein Volk zu opfern hätte. Die Königin sann darüber nach, wer der Geeignete sein könnte.

Sie durchlief so die Reihe der besten Krieger, der Priester, der Landarbeiter, der Hirten und der geschicktesten Handwerker. Sie gelangte zu den Reihen der Jüngsten, dort blieb sie stehen und lächelte einem Jugendlichen zu, der soeben das Mannesalter erreicht hatte. Er hieß Adraste (...) Als die Versammlung verstand, dass sie ihre Wahl getroffen hatte, erhob sich zunächst ein klagendes Murmeln, denn diese Königin weihte einen der Jüngsten und Schönsten von uns dem Tod[69].

Androgynie

Diotima ist eine Frau, der es gelingt, eine neue, andersartige Sprache zu sprechen, eine Sprache, welche die bis dahin gezogenen Grenzlinien zwischen der männlichen Welt der Jagd und der weiblichen Welt des Tanzes, des Gesangs und des Häuslichen durchbricht.

Sie "hebt die Begrenzungen zwischen dem Männern vorbehaltenen äußeren Raum und dem weiblichen Raum des Inneren auf, indem sie den rigiden Unterschied zwischen der Welt der Frauen, Hüterinnen der Traditionen des Alltags und der der Männer, Vermittler der religiösen Kulthandlungen und des Jagdrituals, aufweicht"[70].

Dieses stete Aufbegehren verleiht der Figur Diotimas etwas Ambivalentes, da es sie zwischen Mann und Frau stellt. Sie wird zu einer androgynen Figur.

---

[69] Bauchau, Henry: *Ödipus*, a. a. O., S. 259.
[70] Vgl. Elefante, Chiara: „Amour Diotime". In: Quaghebeur, Marc (Hrsg.): *Les Constellations impérieuses d'Henry Bauchau. Colloque de Cerisy 21-31 juillet 2001.* Bruxelles: Labor, 2003, S. 212 bis 237; hier S. 221.

Diotima, die dank Arses die Liebe entdeckt, gebärt einen Sohn namens Narses. Die Geburt, der hier eine schöpferische Dimension beigemessen wird, setzt ihrem androgynen Charakter ein Ende. Als Mutter gestattet sie sich nunmehr eine eindeutige geschlechtliche Zugehörigkeit.

Der Kosmogonie im Land der Dagonen entnehmen wir, dass jeder Neugeborene in einem gewissen Maße, wie der Urgott, androgyn ist. Bliebe diese geschlechtliche Unklarheit bestehen, verspürte der Mensch kein Bedürfnis nach Fortpflanzung.

Was im Land der Dagonen in Bezug auf die Einstellung zur Androgynie einzigartig ist, ist der Zusammenhang zwischen Androgynie und der uralten Praxis der männlichen oder weiblichen Beschneidung. In den afrikanischen Gesellschaften wird diese Praxis damit begründet, dass das Kind einen Blutzoll zahlen muss, der endgültig die Zugehörigkeit zu einem Geschlecht besiegelt. Die Fähigkeit zu zeugen, zu gebären, eine Familie zu gründen, setzt einen initiatorischen Schritt voraus, der hier als Beschneidung vollzogen wird. In mehreren afrikanischen Gesellschaften setzt diese dem Glauben an die Androgynie ein Ende.

Leitgedanken, um Bauchau zu verstehen

Auf der Suche nach ägyptisch-schwarzafrikanischen Einflüssen in *Ödipus unterwegs* und *Diotima und die Löwen* begegnen wir einem Autor und Romancier mit grenzüberschreitendem Weitblick, dessen Anliegen es ist, zwischen unterschiedlichen Kulturen und Religionen Brücken zu schlagen. Er strebt einen Dialog der Kulturen an, nach dem Motto: Den Anderen verstehen, seine Sitten, seine Wurzeln, heißt sich selbst verstehen.

Eine weitere Ebene in Bauchaus Persönlichkeit ist jedoch schwer zu entziffern.

Wer sich mit Geschichte befasst, weiß, dass die vorherrschende Sprache stets die des Siegers ist. Die Frage, warum die Achäer nach ihrem Sieg über das Volk der Hohen Hügel die eigenen Dialekte aufgeben und sich Kunst und Sprache der Besiegten[71] aneignen, bleibt unbeantwortet. Diese einmalige Begebenheit stellt den Leser vor ein interessantes Rätsel.

Jenseits dieser unbeantworteten Frage können wir jedoch in der untypischen Art und Weise, wie Bauchau Themen beleuchtet und behandelt, einen Wesenszug des Autors erahnen: In unseren Augen besteht er darin, dass Bauchau auf Distanz zu den Gründungsmythen, zu den klassischen Erklärungsmustern, zu althergebrachten Regeln und Normen geht, um gerade das zu erforschen, was noch nicht ans Licht gehoben, ja verdrängt wurde. Bei der Bearbeitung der Themen seiner erzählerischen Werke gilt das Interesse des Psychotherapeuten und späteren Psychoanalytikers Bauchau in besonderem Maße dem Unsichtbaren, dem

---

[71] Bauchau, Henry: *Ödipus*, a.a.O. S. 250.

Unausgesprochenen, dem ins Unbewusste Zurückgewiesenen. Er ergründet die geheimnisvollen Tiefen vorzeitlichen Denkens und bringt Riten und Praktiken ans Licht, die als barbarisch, brutal oder grauenhaft gelten. Der Raum der Verdrängung kennt keine sichtbaren Grenzen.

Das Eintauchen in die Finsternis erscheint als notwendiger initiatorischer Schritt, um Schönheit entdecken und begreifen zu können.

Die zweite Episode des Kampfes gegen die Löwen kann diese These verdeutlichen. Während des rituellen zweiten Kampfes trägt Diotima wie eine liebevolle Mutter den Greis, der wieder Kind geworden ist, auf dem Arm. Diesem gelingt es dank seiner "unerschütter-lichen Sanftmut"[72], der Angriffslust der Raubkatze Einhalt zu gebieten.

Bevor das " Greisenkind" zusammen mit dem Löwen stirbt, umarmt es ihn. Tod und Liebe greifen ineinander.

> Das Epische ist schön, wenn Dichtung es transzendiert[73].

Die Inszenierung dieses zweiten Kampfes erinnert an eine symbolträchtige Choreographie, eine friedliche, stilisierte Hinrichtung des Löwen-Ahnen, des Zwillingsbruders des so innig geliebten Großvaters Kambyses[74].

---

[72] Bauchau: *Diotima*, a. a. O., S. 56.
[73] Corte, Jacqueline de: „Henry Bauchau. Diotime et les lions". In: *Indications. La revue des romans.* Bruxelles: M.-P. Jadin, 2003, S. 27 - 30. hier: S. 27.
[74] Ebd., S. 28.

Ich spürte die Nähe des Raubtieres (...). Der Greis bedeutete mir, ihn auf den Arm zu nehmen, er war so leicht, ich konnte ihn an meiner Brust halten. Er berührte die Stirn des Büffels, segnete ihn und sagte: "Du hast deine Last getragen, zieh jetzt nach Hause!" Der schwarze Büffel setzte sich in Richtung Osten in Bewegung. Mir befahl er: "Geh auf den Löwen zu!" Ich machte einige Schritte, drückte das Kind fest an mich, wie beschützt durch seine Gegenwart, denn ich fühlte mich zunehmend bedrängt, erschüttert von dem immer bedrohlicher werdenden Gebrüll, das mir durch Mark und Bein ging, während mein Geist in tiefer Gelassenheit verharrte. (...) Das Raubtier ging zum Angriff über, doch als es zum Sprung ansetzte, sprach der Greis zu ihm (...). Die Raubkatze schien besänftigt. Der Greis sprach weiter auf sie ein in der gemeinsamen Sprache ihrer beider Körper (...). Mit zarter Stimme erklärte er ihm, dass seine majestätische Schönheit und seine Größe nicht im Abgrund des Alters untergehen würden." Unsere Stunde ist gekommen, nun bin ich am Ende meines Weges, du hast den Höhepunkt deiner Herrschaft erreicht". Sie umarmten sich, die Arme des Greisenkindes und die meinen umschlangen den Hals und die Mähne des Ahnen und unsere Wangen ruhten an seinen furchterregenden Lefzen. (...) Ich hörte das Kind zur Raubkatze sagen: "Geh nun!" Arses' Stunde war gekommen. (...) Arses erhob die Lanze und ließ die Wildkatze nicht aus den Augen. Der Löwe hatte die Stimme des Kindes angenommen. (...) Er setzte zum Sprung an. Die Lanze, fest in Arses Hand, durchbohrte ihn (...). Ich wusste, dass ich das Greisenkind zum großen sterbenden Löwen tragen musste. Ich bettete es zwischen seine Pranken. Es schloss den Löwen in seine Arme und ließ seinen Kopf an seiner Flanke ruhen:" Hier wird unser Grab sein, und auch die Stätte unserer Freundschaft. Kein Stein, keine Spur". Gemeinsam verstarben sie. Ich kniete vor ihnen nieder, Arses an meiner Seite[75].

---

[75] Bauchau, Henry: *Diotima*, a.a.O. S. 45, 55 ff. und 58.

Die erste schaurige und grausame Episode des rituellen Löwenkrieges, in der Diotima den Mann in den Hals biss, dessen bewundernder und leidenschaftlicher Blick sie störte, steht im krassen Gegensatz zu der oben beschriebenen Szene. Zum Weg, der zur Liebe führt, gehört ein Eintauchen in unbekannte Tiefen. Wer apollinisch verwandelt werden möchte, muss erst im Initiationstanz der Eingeweihten dionysischen Wahn erfahren haben, so könnte Bauchaus Botschaft lauten.

Zu Leben und Werk Henry Bauchaus

Der 1913 in Malines/Mecheln geborene und heute in Paris ansässige Autor und Psychotherapeut Henry Bauchau, Mitglied der *Académie royale de langue et de littérature françaises de Belgique*, ausgezeichnet mit zahlreichen Preisen, zuletzt 2002 mit dem renommierten *Prix de Rome* und 2004 mit dem *Prix de la Société des hommes de lettres*, gilt im französischen Sprachraum als einer der bedeutendsten zeitgenössischen Schriftsteller, der sich auch in Dramatik und Lyrik einen Namen gemacht hat.

Bauchau hat erst im Alter von 45 Jahren mit der Veröffentlichung seiner Texte begonnen, angeregt wurde er dazu durch die Psychoanalytikerin Blanche Reverchon-Jouve, die Gattin des französischen Dichters Pierre Jean Jouve. 1958 erschien sein erster Gedichtzyklus *Géologie*, den Jean Paulhan gewürdigt hatte, in der *Nouvelle Revue Française*. 1959 folgte sein erstes Theaterstück *Gengis Khan*, 1966 sein erster Roman *La Déchirure*. 1972 wurde als zweiter Roman *Le Régiment noir* publiziert. Erst 1990 erschien das große Alterswerk *Œdipe sur la route,* das 1997 mit dem zweiten Roman *Antigone* fortgeführt wurde. 2004 veröffentlichte Bauchau den Roman *L'Enfant bleu.* Daneben entstand um den Ödipus-Zyklus die wichtige Folge der Tagebücher: *Jour après jour* (1992). Sie enthält die Aufzeichnungen zwischen 1983 und 1989. *Le Journal d'Antigone* (1999) berichtet über die Jahre 1989 bis 1992 und *Passage de la bonne graine* (2002) reicht bis in die Gegenwart des Jahres 2001. Das im

Frühjahr 2005 erschienene *Journal de La Déchirure* behandelt unter dem Titel *La Grande Muraille* die Jahre 1960 bis 1965.

Die Beschäftigung mit dem thebanischen König und seiner Schwester-Tochter Antigone geht auf Gedichte aus dem Zyklus *Matière du soir* von 1964 und das zweite Drama *La Machination* (ursprünglicher und heute wieder gültiger Titel: *La Reine en amont*) von 1967/1968 zurück. Diese frühen Beschäftigungen enthüllen, in welchem Maß die vorausgehende Lyrik und Prosa eingebunden ist in die beiden großen Gattungen und Textsorten sprengenden Erzählwerke, die Bauchau selbst als «roman» bezeichnet und denen die belgische Literaturkritik gern die Ebenbürtigkeit mit dem Werk zuerkennt, das die junge Nationalliteratur Belgiens begründet hat, mit Charles de Costers Epos *La Légende et les aventures héroïques, joyeuses et glorieuses d'Ulenspiegel et de Lamme Goedzak au pays de Flandre et ailleurs.*

Im März 2003 wurde im Brüsseler Opernhaus La Monnaie die Oper *Œdipe sur la route* mit der Musik von Pierre Barthélémy in der Inszenierung von Philippe Sireuil welturaufgeführt. Der Dichter selbst hatte das Libretto verfasst. Derzeit arbeitet er an dem Libretto zu *Antigone,* das als Oratorium von Pierre Barthélémy vertont werden soll.

Eine erste Sammlung der Gedichte von 1950 bis 1986 legte Hubert Nyssen 1986 unter dem Titel *Poésies* vor; es ist das Verdienst des Verlagshauses Actes Sud in Arles, zu einem frühen Zeitpunkt den Dichter Bauchau gewürdigt zu haben. 1995 wurde diese Ausgabe ergänzt und in der

Taschenbuchreihe Labor unter dem Titel *Heureux les déliants* verlegt.

Henry Bauchau hat als Prosaschriftsteller und Lyriker weltweit Anerkennung gefunden. Dies wurde erstmals sichtbar in dem 2001 in Cerisy durchgeführten Kongress, zu dem Forscher, Nachwuchswissenschaftler, Übersetzer, Theaterleute und junge Studierende aus aller Welt zusammenkamen.

Dennoch ist Bauchaus dramatisches Werk bis heute über die Grenzen des französischen Sprachraums hinaus kaum bekannt, obwohl er sich in *Gengis Khan* wie in *La Reine en amont* in die europäische Theatertradition stellt und insbesondere in seinem ersten Stück, dessen Niederschrift 1954 begonnen wurde, die Erfahrungen mit Hitler-Deutschland aus belgischer Perspektive verarbeitet. *Gengis Khan* bietet ebenso Ansatzpunkte für eine historische Lektüre des Mongolensturmes, wie für eine psycho-analytische Deutung als individueller Auseinandersetzung mit der Macht, wie schließlich die Replik auf die kaum verarbeitete, noch ganz gegenwärtige zeitgeschichtliche Erfahrung mit einer politischen, charismatischen Führergestalt, ihren Grenzen und ihren Möglichkeiten. Insofern stellt dieses Drama eine originelle Aufarbeitung des deutsch-belgischen Verhältnisses aus der Perspektive eines Wallonen dar, der sich der politischen Linie Leopolds III. angeschlossen hatte und erst spät, nach der rexistischen Unterwanderung der *Volontaires du Travail* auf den aktiven Widerstand setzte und 1944 nach England ging.

Bauchau hat sich nach dem Krieg in Paris niedergelassen, bevor er für lange Jahre in die Schweiz, nach Gstaadt, ging. Dort empfing er zahlreiche Freunde zu längeren, literarisch anregenden Besuchen, darunter Pierre Jean Jouve, Philippe Jaccottet und Ernst Jünger. 1975 kehrte Bauchau nach Paris zurück, nahm an den Seminaren von Jacques Lacan teil und war als Psychotherapeut für psychotische Jugendliche tätig. Gegenwärtig empfängt er kaum noch Patienten und widmet sich weitgehend der Drucklegung und der Deutung seiner Werke sowie der Niederschrift seiner Tagebücher und Gedichte.

Werke von Henry Bauchau

GÉOLOGIE, Gedichte. Paris: Gallimard, 1958 (ausgezeichnet mit dem Preis Max Jacob).

GENGIS KHAN, Theaterstück. Lausanne, Mermod, 1960; Arles: Actes Sud-Papiers, 1989.

L'ESCALIER BLEU, Gedichte. Paris: Gallimard, 1964.

LA DÉCHIRURE, Roman. Paris: Gallimard, 1966; Labor, 1986 (Espace Nord n°34).

LA PIERRE SANS CHAGRIN, Gedichte. Lausanne: L'Aire, 1966 (Bilder von Franco Vercelotti).

LA DOGANA, Gedichte. Albeuve: Castella, 1967.

LA MACHINATION, Theaterstück. Lausanne: L'Aire, 1969.

LE RÉGIMENT NOIR, Roman. Paris: Gallimard 1972; Brüssel: Les Éperonniers, 1987 (collection Passé Présent n°52, ausgezeichnet mit dem Preis Frans Hellens).

CÉLÉBRATION, Gedichte. Lausanne: L'Aire, 1972.

LA CHINE INTÉRIEURE, Gedichte. Paris: Seghers, 1975.

LA SOURDE OREILLE OU LE RÊVE DE FREUD, Gedicht. Lausanne: L'Aire, 1981 (mit Zeichnungen von Hortense Damiron und Lionel).

ESSAI SUR LA VIE DE MAO ZEDONG, Paris:

Flammarion, 1982.

POÉSIES 1950-1986, Arles: Actes Sud, 1986 (ausgezeichnet mit dem Preis der „Société des gens de lettres").

L'ÉCRITURE ET LA CIRCONSTANCE, Lehrstuhl für Poetik der Universität von Louvain-la-Neuve: 1988.

ŒDIPE SUR LA ROUTE, Roman. Arles: Actes Sud 1990, Babel n°54, 1992. (ausgezeichnet mit dem Preis „Antigone" der Stadt Montpellier).

JOUR APRÈS JOUR, Tagebuchaufzeichnungen 1983-1989. Brüssel: Les Éperonniers, 1992.

L'ARBRE FOU, Erzählungen, Theaterstück. Brüssel: Les Éperonniers, 1995.

HEUREUX LES DÉLIANTS, Gedichte 1950-1995. Arles: Labor , 1995.

ÉTÉS mit Werner Lambersy, Tagebuchaufzeichnungen. Arles: Labor , 1997.

DIOTIME ET LES LIONS, Erzählung. Arles: Actes Sud 1991; Babel n°279, 1997.

ANTIGONE, Roman. Arles: Actes Sud 1997; Babel n°362, 1999.

PROMÉTHÉE ENCHAÎNÉ d'Eschyle, für das Theater bearbeitet. Brüssel: Cahiers du Rideau, 1998.

LE JOURNAL D'ANTIGONE, Tagebuchaufzeichnungen 1989-1992. Arles: Actes Sud, 1999.

LES VALLÉES DU BONHEUR PROFOND, Erzählungen. Arles: Actes Sud 1999, Babel n°384.

EXERCICE DU MATIN, Gedichte. Arles: Actes Sud, 1999.

LE REGIMENT NOIR, vom Autor überarbeitete Fassung mit einem unveröffentlichten Vorwort. Arles: Actes Sud, 2000.

L'ÉCRITURE À L'ÉCOUTE, Aufsätze. Arles: Actes Sud, 2000.

LA PIERRE SANS CHAGRIN, Gedichte. Arles: Actes Sud, 2001.

THÉÂTRE COMPLET. LA REINE EN AMONT. GENGIS KHAN. PROMÉTHÉE ENCHAÎNÉ, Arles: Actes Sud, 2001.

PASSAGE DE LA BONNE-GRAINE. Journal 1997 – 2001, Tagebücher. Arles: Actes Sud, 2002.

PETITE SUITE DU 11 SEPTEMBRE, Gedicht. Arles: Actes Sud, 2003.

ŒDIPE SUR LA ROUTE, Opernlibretto. Arles: Actes Sud, 2003.

L'ENFANT BLEU, Roman. Arles: Actes Sud, 2004 (ausgezeichnet mit dem Grand Prix de Littérature der SGDL).

LA GRANDE MURAILLE LES JOURNAUX DE LA DÉCHIRURE 1960-1965, Tagebücher. Arles: Actes

Sud, 2005.

EN NOIR ET BLANC, vier Novellen (mit Zeichnungen von Lionel D.) [„Babelturm", „Poupée", „En noir et blanc", „Le cimetière dégénéré"]. Nolay: Éditions du chemin de fer, 2005.

NOUS NE SOMMES PAS SÉPARÉS, Gedichte. Arles: Actes Sud, 2006.

Auf Deutsch liegen vor

DIE DOGANA, venezianische Gedichte, in: *Literatur um 11*, 8 (1991), S. 36-50.

ÖDIPUS UNTERWEGS, Roman. Bielefeld: Cordula Haux 1995.

ISMENES MONOLOG, Vorabdruck aus ANTIGONE, in: *Literatur um 11*, 14 (1997), S. 124-137.

DIE ANTIGONE IOS, Kapitel XXII des Romans ANTIGONE, in: *Krautgarten*. Forum für junge Literatur 36 (Mai 2000), S. 44.

ATTENTIVES – LAUSCHENDE, ausgewählte Gedichte mit Werkkommentar, Aachen: Shaker Verlag, 2001.

DSCHINGIS KHAN. Ein Schauspiel, Aachen: Shaker Verlag, 2005.

DIE AACHENER ÜBERSETZERWERKSTATT: EIN SELBSTPORTRAIT

 **M**aria Bartz, Jahrgang 1937, siebenjährige Gesangsausbildung und vorübergehende Chorleitung. Seit 2000 Sopran im deutsch-französischen Chor *Les Troubadours d'Aix*. Im Jahr 2000 Mitwirkung an der Theaterwerkstatt zu *Off et la lune* von Paul Willems in der Gestaltung der Kostüme und des Bühnenbildes. Das in Deutschland durch die Übersetzung von Maria Sommer bekannte und uraufgeführte Stück wurde am Institut für Romanische Philologie der RWTH Aachen durch eine Laientheatertruppe von Schülern, Studierenden und Sprachkursteilnehmern des Deutsch-Französischen Kulturinstitutes erstmals in Aachen und Köln in französischer Sprache dargeboten. Seit Frühjahr 2001 aufgrund vorzüglicher Sprachkenntnisse Aufnahme in die Theaterwerkstatt zu *Gengis Khan* von Henry Bauchau Im Sommer 2001 erste öffentliche Lektüre ausgewählter übersetzter Passagen aus *Dschingis Khan* anlässlich des internationalen Kongresses zu Henry Bauchau in Cerisy-la-Salle. Im März 2003 und 2005 öffentliche „Szenische Lektüre" von *Gengis Khan/Dschingis Khan* im Deutsch-Französischen Kulturinstitut, Aachen und im Belgischen Haus, Köln.

Anne Begenat-Neuschäfer, Jahrgang 1953, Promotion in Romanischer Philologie 1983, Habilitation 1995, Venia Romanische Philologie (Literaturwissenschaft), französisches Staatsdoktorat 1998 (Universität Paris VIII).

Seit 1995 als Professorin tätig, zunächst in Niedersachsen, an der Universität Osnabrück, seit 1998 an der RWTH Aachen (Nachfolge F.-R. Hausmann).

Schwerpunkte in der Forschung: Italienische und französische Renaissance (Lodovico Dolce, Marguerite de Navarre, Agrippa d'Aubigné); italienische zeitgenössische Literatur (Luigi Malerba, Giuseppe Culicchia, Cesare Pavese, Primo Levi, Beppe und Marisa Fenoglio) und französische Literatur Belgiens seit der Staatsgründung 1830 (Maurice Maeterlinck, Paul Willems, Henry Bauchau). Wissenschaftliche Veröffentlichungen zu allen Forschungsgebieten sowie zahlreiche literarische Übersetzungen.

Marie-Jacques Lueken, Jahrgang 1948, Studium der Germanistik in Bordeaux, Maîtrise d'allemand 1970, Agrégation d'allemand 1971, Referendariat 1972 in Reims.

Seit 1972 als Französischlehrerin am Bischöflichen Gymnasium in Eschweiler tätig. Im Jahr 2000 Mitwirkung an der Theaterwerkstatt zu Off et la lune von Paul Willems in der Rolle der Millie. Das in Deutschland durch die Übersetzung von Maria Sommer bekannte und uraufgeführte Stück wurde am Institut für Romanische Philologie der RWTH Aachen durch eine Laientheatertruppe von Schülern, Studierenden und Sprachkursteilnehmern des Deutsch-Französischen Kulturinstitutes erstmals in Aachen und Köln in französischer Sprache dargeboten. Seit Frühjahr 2001 Teilnahme an der Theaterwerkstatt zu Gengis Khan von Henry Bauchau. Im März 2003 und 2005 öffentliche „Szenische Lektüre" von Gengis Khan/Dschingis Khan auf Deutsch und Französisch im Deutsch-Französischen Kulturinstitut Aachen und im Belgischen Haus in Köln.

Anne-Catherine Luther

Jahrgang 1984. Ab 1990 besuchte sie die Gemeinschaftsgrundschule Scherberg und entschied sich im Anschluss daran, den bilingualen Zweig des Gymnasiums St. Leonhard in Aachen zu besuchen. In der Stufe 11 ging sie nach Marseille und genoss am Lycée Privé Lacordaire eine viermonatige Schulausbildung. Im Jahre 2003 schloss sie ihre Schullaufbahn mit dem bilingualen Abitur ab. Seit 2003 studiert sie an der RWTH Aachen Romanistik und Anglistik für das Lehramt an Gymnasien und Gesamtschulen. Im kommenden Semester wird sie sich für das Studium nach Paris an die Sorbonne begeben.

**A**urélie Matzutt, Jahrgang 1980, ist in Colmar (F) geboren und hat in Straßburg zwischen 1998 und 2003 Germanistik studiert. Das Jahr 2001-2002 verbrachte sie in Deutschland, wo sie als Französischassistentin an einem Berufskolleg im Kreis Aachen tätig war. Im Oktober 2003 beendete sie ihr Studium mit dem Abschluss „Maîtrise d'allemand".

Seit April 2003 lebt sie aber schon wieder in Aachen und möchte dort als Gymnasial- oder Gesamtschullehrerin arbeiten. Dazu studiert sie an der RWTH Aachen noch Französisch als zweites Unterrichtsfach, da ihr Germanistikstudium für das Erste Staatsexamen im Fach Deutsch anerkannt wurde. Seit November 2004 gehört sie zur Übersetzerwerkstatt. Im März 2005 hat sie an der „Szenischen Lektüre" von *Dschingis Khan* teilgenommen.

Angelika Schirmer, Jahrgang 1953, Banklehre (1971-1974), Abitur 1976, Studium der Wirtschaftswissenschaften in Bochum, Diplomabschluss 1985. 1978-79 Studienaufenthalt in Orléans. Seit 1989 als Buchhalterin in Aachen tätig. Seit 2000 Alt im deutsch-französischen Chor Les Troubadours d'Aix. Im Jahr 2000 Mitwirkung an der Theaterwerkstatt zu *Off et la lune* von Paul Willems in der Hauptrolle des Hundes Off. Das in Deutschland durch die Übersetzung von Maria Sommer bekannte und uraufgeführte Stück wurde am Institut für Romanische Philologie der RWTH Aachen durch eine Laientheatertruppe von Schülern, Studierenden und Sprachkursteilnehmern des Deutsch-Französischen Kulturinstitutes erstmals in Aachen und Köln in französischer Sprache dargeboten. Seit Frühjahr 2001 aufgrund vorzüglicher Sprachkenntnisse Aufnahme in die Übersetzer-und Theaterwerkstatt zu *Gengis Khan* von Henry Bauchau. Im Sommer 2001 erste öffentliche Lektüre ausgewählter übersetzter Passagen aus *Dschingis Khan* anlässlich des internationalen Kongresses zu Henry Bauchau in Cerisy-la-Salle. Im März 2003 und 2005 öffentliche „Szenische Lektüre" von *Gengis Khan/Dschingis Khan* auf Deutsch und Französisch im Deutsch-Französischen Kulturinstitut Aachen und im Belgischen Haus Köln.

DAS ZENTRUM FÜR FRANZÖSISCHE SPRACHE UND LITERATUR BELGIENS AN DER RWTH AACHEN

Das *Zentrum für französische Sprache und Literatur Belgiens* wurde am 21. Januar 2000 eingeweiht. Es ist die einzige Einrichtung dieser Art in Deutschland und wird durch die Gemeinschaften Belgiens mit jeweils projektgebundenen Programmmitteln unterstützt.

Es ist zunächst ein Forschungszentrum mit Lehraufgaben und als solches insbesondere mit der zeitgenössischen Literatur Belgiens, ihrem Studium und ihren Übersetzungen ins Deutsche befasst. Am Zentrum entstehen Dissertationen und Habilitationen, es werden regelmäßig Kongresse und Kolloquien durchgeführt, sowie Publikationen vorbereitet und Zeitschriften herausgegeben.

In regelmäßigen Abständen wird jeweils im September die „Sommeruniversität" durchgeführt, die aktuelle Bestandsaufnahmen international bekannter Forscher zu unserem Nachbarland im Westen bietet, das als das „Laboratorium Europas" gilt.

Ferner bietet es regelmäßig Fortbildungsveranstaltungen für Französischlehrer an, die nach dem neuen Lehrplan Belgien, Belgienkunde oder frankophone Literatur im Unterricht behandeln.

Zusätzlich zu ihren übrigen Fördermaßnahmen unterstützt die Französische Gemeinschaft Belgiens den Aufbau dieses Zentrums durch großzügige Bücherspenden, welche die

Einrichtung des Sondersammelgebietes "Französische Literatur Belgiens" mit ca. 6.000 Bänden ermöglicht haben. Im Sonderstandort hat das Zentrum zusätzlich eine Jugendhandbibliothek mit französischsprachigen Comics eingerichtet.

Wenn Sie regelmäßig über die aktuellen Veranstaltungen des *Zentrums für französische Sprache und Literatur Belgiens* informiert werden möchten, wenden Sie sich bitte an folgende Anschrift:

Centre de Langue
et de Littérature françaises de Belgique (CLFB)
Lehrstuhl I und Institut für Romanische Philologie
Anne Begenat-Neuschäfer
Theaterstr. 67
D-52062 Aachen

CLFB@romanistik.rwth-aachen.de

Bisher in der Reihe *Frankophone Erzähler der Gegenwart* beim Shaker Verlag, Aachen erschienen:

1) *Attentives – Lauschende*, ausgewählte Gedichte, Aachen, 2001, ISBN 3-8265-8775-8.

2) *Dschingis Khan*, ein Schauspiel, Aachen, 2005, ISBN 3-8322-4282-1.

Alle Titel sind lieferbar und können über Internet oder Ihren Buchhändler bestellt werden.